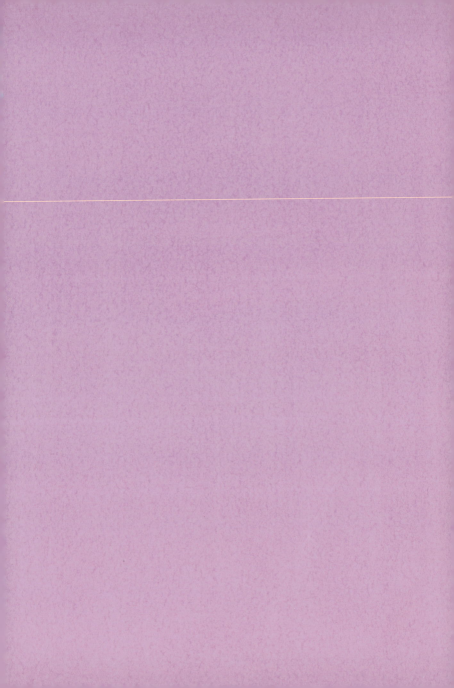

地味でダメな村人Aは
世界最高の魔法使い!?
～隠居ハーレムで
幸せな人生を送ってます!～
愛内なの
Nano Aiuchi
illust:アジシオ
KiNG novels

村を調べる隠密忍者
エミリ
元気いっぱいな元弟子
ティルア

村を支える美人神官
ルーシャ

激しくこすれ合う粘膜が、
互いの性感を高めていった。
「んぁぁーっ♥　あっ、ああっ！
んはぁ、奥まで、ズンズンきてて……
わたし、もう、んはぁ、あああっ！」
「ティルア、うっ、このままいくぞ！」
「はいっ！　んぁぁっ♥
すご、んぁ、ぁ、んくぅぅっ！」
「師匠のおちんちん……わたし、
師匠と繋がってるんだ……」

地味でダメな村人Aは世界最高の魔法使い!?
～隠居ハーレムで幸せな人生を送ってます！～

愛内なの
illust：アジシオ

KiNG novels

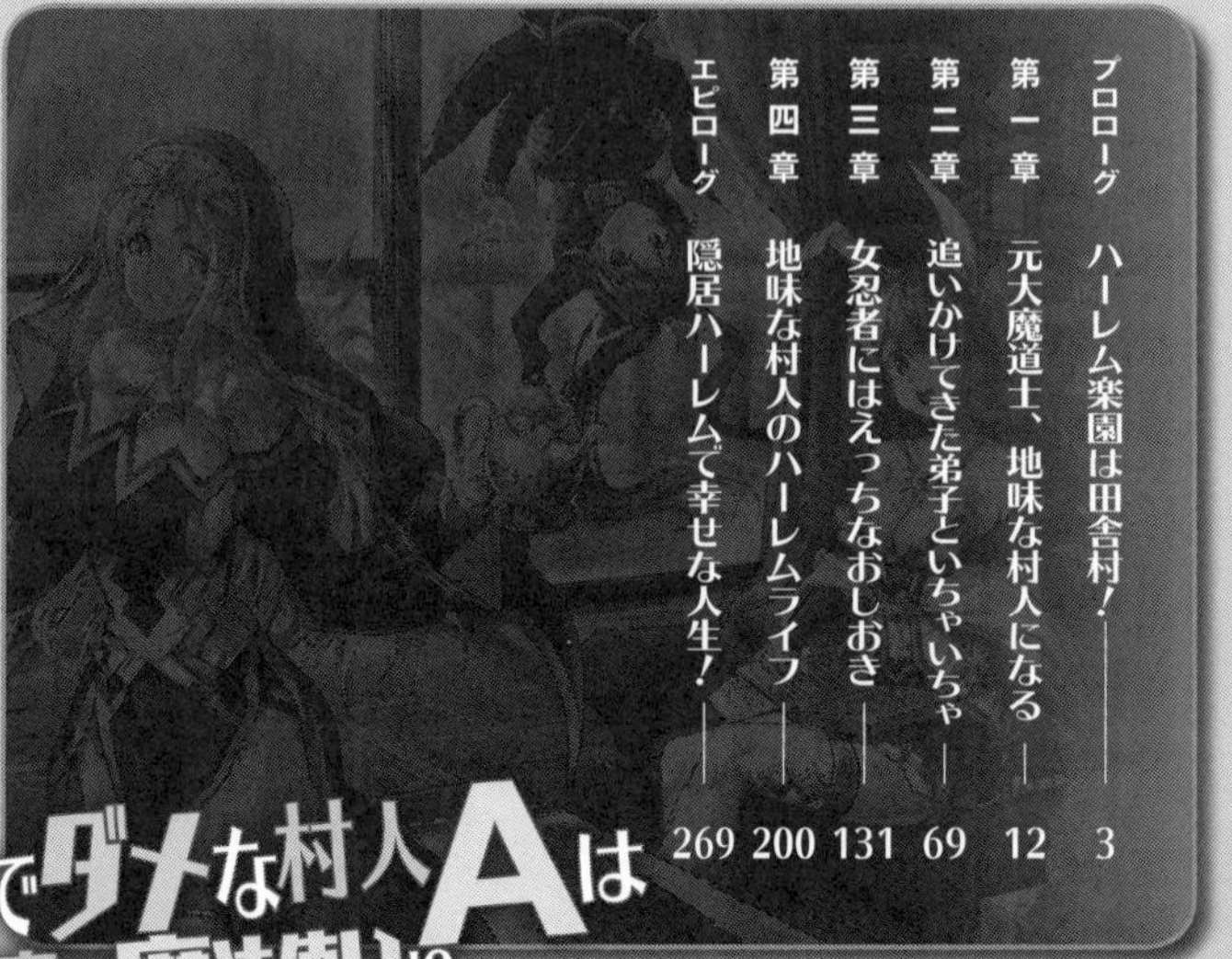

地味でダメな村人Aは世界最高の魔法使い!?

contents

プロローグ　ハーレム楽園は田舎村！

この異世界の中心である、剣も魔法も最先端の王都。

その王都から大陸を出て、海を隔てた先の島。

その島の、さらに端っこにある小さな村。

華やかさや流行とは縁遠いこの村は、けれど俺にとっては楽園だった。

田舎で土地が余っているため、けっこう大きな家。

隣人を過度に警戒する必要もない、穏やかな空気。

都会のような便利さはないかもしれないが、その分のびのびと暮らすことができる。

俺が王都を離れてこっちに来てから、しばらくの時間が過ぎていた。

今ではすっかり島の生活にも慣れ、幸せに暮らしている。

なにより大きかったのは、こっちに来たことで、三人の美女が俺を認めてくれたこと。

「アルヴィン、ほら、こっち♪」

ベッドの上から、ルーシャが声をかけてくる。

この村で唯一の回復魔法が使える神官であり、人気者でもある彼女は、金色の髪を綺麗に伸ばしている優しいお姉さんだ。

そんなルーシャが今、昼間とは違う誘うような表情でこちらを見ている。

既にはだけさせた夜着からは、たわわな爆乳が覗いていた。

俺の視線に気付いた彼女が、両腕で強調するようにして、むぎゅりと乳房を寄せて微笑んだ。

すると、横にいたもうひとりの少女も体を寄せてくる。

「師匠、今日もいっぱいしましょうね。……こっちにもご挨拶♪　今日もがんばってね♥」

ティルアは、もう待ちきれないとばかりにベッドから身を乗り出すと、俺の股間へと手を伸ばしてきた。彼女の青いツインテールが揺れる。

やや幼く見えるティルアだが、王都では最年少の宮廷魔術師として活躍していた天才だ。

俺を追いかけて島に来た彼女は、かつて以上に積極的に関係を求めてくれている。

「アルヴィン、少し腕を上げてくれ。んっ、よいしょっ」

ベッドに上がると、最後のひとり、エミリが俺の服を脱がせてくれる。

この島の中央組織で忍者をしていた彼女は最初、大陸から来た俺のことを探っていた。

そこからいろいろあって、今ではこの家で暮らしている。

凛とした雰囲気のポニーテール少女である彼女は、忍者だから基礎体力があり、それは夜の生活にも活かされていた。

ベッドの上で俺は、そんな三人の美女に囲まれる。

大きめのベッドとはいえ、さすがに四人で使うとなると少し狭い。

ぎゅうぎゅうと身体が密着し、俺は三人の柔らかさと温かさに包み込まれる。

「ちゅっ♥　れろっ……」

俺の上に跨がってきたルーシャが、キスをしてくる。

唇が触れ合うと、さっそく伸ばされた舌を受け入れて絡ませ合う。

「れろっ、んっ♥」

彼女の舌先が俺の舌をくすぐり、互いの唾液を混ぜ合う。

「師匠、あむっ♪　じゅるっ」

ルーシャとのキスをしている間にも、下半身のほうでティルアが動いたらしい。

まだおとなしい肉竿が、突然の温かさに包まれる。

亀頭が、ティルアの舌に舐められているのを感じた。

「れろっ、ちゅぶっ。師匠のおちんちん、大きくなってきました♪」

色っぽいルーシャとのキスに、可愛いらしいティルアのフェラ。

美女の奉仕で俺の肉棒にはすぐに血が集まり、勃起してくる。

ティルアの舌は、さらに膨らみ始めた肉棒の裏筋を舐め上げて刺激してくる。

「じゃあ、あたしはこっちを、れろっ……元気な子種をいっぱいつくってもらわないとな。じゅるっ、ぺろっ！」

エミリの舌が、睾丸へと伸びて愛撫してきた。

肉棒とは違う、くすぐったいような快感に、袋の中でタマが動く。

「んっ♥　ふふっ、タマタマが動いてるの、なんだか可愛いな」

「はふっ、アルヴィンってば、気持ちよくて舌の動きまでとろんとしてきてるよ？」

口を離したルーシャが、俺の目の前で妖艶に微笑む。

余裕を見せる彼女の双丘に、俺は手を伸ばした。

「あんっ♥」

柔らかなおっぱいが、俺の手を受け入れていやらしく形を変える。

「んっ、あふっ♥」

ルーシャの顔が快楽に緩んでいくのを眺めながら、魅惑の果実を揉みしだいていった。

「あぅっ、そんな、んっ♥　えっちな触り方されたらぁ、んっ♥」

たらずその乳房にしゃぶりつき、乳首を舌先で転がした。

「ここ、もうこんなにぴんと立って、いじってほしがってるみたいだな」

「んぅっ♥　あっ、ん、乳首、そんなにれろれろしちゃ、んはぁっ♥」

ルーシャが快感に身悶えるのを楽しんでいると、俺の肉棒と睾丸にも責め立てるような快楽が襲いかかってくる。

「んむっ、ちゅっ……師匠ってば、おっぱいに興奮して、おちんちんガチガチにさせてる……れろぉっ♥」

「タマタマも、ぐいっとつり上がってきてるぞ♥　ほら、そろそろイキそうなんじゃないか？」

ペニスとタマをふたりにしゃぶられ、方々に転がされて、俺の射精欲も高まってくる。

「はふっ、師匠、わたし、もう我慢できないので挿れちゃいますね」

ティルアがそう言うやいなや、肉棒が熱い襞肉に包み込まれる。

「うぉ……」

「んはぁっ♥　師匠のおちんちん、すっごく熱いですっ」

「んくぅっ♥　あっ、アルヴィン、んぅ、激し、んぁ♥　はぅぅっ！」

肉棒の快感につられるように舌先を勢いよく動かすと、乳首を嬲られたルーシャが大きく嬌声をあげる。彼女はねだるように俺の頭を掴み、豊かな胸へと押しつけた。

顔全体がむにゅりとおっぱいに埋もれ、押し込まれるように乳首が口内に入ってくる。

そのぷっくりとした突起をねぶりながら、もう片方の乳首を摘まみあげる。

「んぁぁあっ！　らめ、んぁ、ああっ♥」

ルーシャが俺に抱きつきながら震え、密着するおっぱいに興奮する間も、肉竿はティルアの膣襞に搾り取られていた。

「あぁ♥　師匠、んっ、立派なおちんぽ、わたしの中でまた膨らんで、んっ、そろそろですね。あふぅっ」

「それじゃ、あたしも最後の一押しだ。アルヴィンの精子が詰まったタマタマ……せり上がったところを下側から、れろっ」

「ぐっ、出すぞ」

「んはぁっ♥　きてください、師匠、わたしの中に、んぁっ♥　あああぁぁぁっ！　熱いの、いっぱい出てるっ、んく、んはぁぁぁっ♥」

言葉どおりエミリのフェラで押し出されるようにして、精液が噴き出してくる。

三人に高められて煮詰まった精液が、ティルアのおまんこに放出されていった。

射精の勢いで同時に絶頂した彼女の膣内が、ぎゅうぎゅうと肉棒を絞り上げてくる。

「んぐっ、あ、あぁ……♥　今日も、師匠の精液、すっごい勢いです♥」

美女三人による豪華な射精は、この上ない快楽だ。

「あぅ……ん、あぁ……♥」

だがもちろん、これだけでは終わらない。

「次はエミリ、こっちに」

「んっ♥」

俺は快感の余韻に浸るルーシャを体から降ろし、ティルアの膣内から肉棒を引き抜くと、ひとりだけ奉仕に専念していたエミリに声をかける。

彼女は頷くと、足をM字に開いてこちらへと腰を突き出した。

いやらしいM字開脚によって露《あらわ》になったエミリのおまんこは、もうとろとろに濡れて光っている。

犯されるのを待つようにヒクつくそこを見ているだけで、射精直後にも関わらず、俺の肉棒は力を取り戻していた。

彼女たちと肌を重ねるごとに、ますます精力が増しているのを感じる。

「アルヴィンのちんぽ、入れてほしいっ」

「ああ。もちろんだ」

俺はそそり勃つそれを、エミリのアソコへと宛てがう。混じり合った体液でぬめっているそれは、驚くほどスムーズに熱い膣内へと侵入していった。

「んくぅっ♥　すごっ、んぁ……大きいの、あたしの中に、んっ♥」

挿入と同時にエミリを押し倒し、そのままピストンを始める。

既に十分濡れたおまんこは、うねうねと肉棒に絡みついて蠢いた。

「んぁ、あっ、ふぁぁっ♥」

三人の中では、出会ったのがいちばん遅いエミリだが、もう何度も身体を重ねたことで、その膣内はすっかり俺の肉棒になじんでいる。

スムーズに受け入れて柔らかく包み込む膣襞は、しかしその入りやすさとは裏腹に、彼女が感じ始めるときゅっと締まる。

「んくっ、あっあっ♥　アルヴィンのおちんちん、奥まで、きて、んくぅっ！」

エミリはその鍛え上げられた身体で、俺の肉棒を貪ってくる。

「ぐっ、んっ……」

「んくぅっ♥　硬いの、ごりごりきてるぅ……♥　もっと、ん、あっ、もっとしてっ！　んぁ、あぁぁあっ！」

軽くイッたエミリの膣内はさらに締まりに、肉棒を強く強く締め上げてくる。

思わず引き抜こうとすると、カリが引っかかって激しくこすれ合う。

「んくっぅぅっ♥　そんなに、んぁ！　そんなにされたら、あたしの膣内、裏がえっちゃう、んぁあっ！」

ビリビリと肉棒を刺激され、俺の腰が止まらなくなる。

激しいピストンで愛液が散り、彼女の身体が弾む。

揺れる胸とポニーテールに艶《なま》めかしさを感じながら、その蜜壺を蹂躙していった。

「んくっ♥　あっ、ふぁ、んぁあっ！　あふっ、きちゃうっ、すごいのっ！　んぁ、ああっ、んくうっ！」

エミリが嬌声をあげながら、はしたない蕩け顔をこちらへと見せている。

俺はラストスパートの抽送を行った。

「んあぁぁあっ！　イクッ！　アルヴィンっ、んぁ、あぁぁぁあっ！　イクイクッ！　もう、んっ、イックゥウウウゥウゥッ！」

びゅるるっ！　どぴゅっ、びゅくくっ！

エミリの絶頂おまんこに、思いっきり種付け射精を行う。

「んあぁぁあっ♥　あっ、ふぁぁぁあっ！」

うねる膣襞に搾り取られるまま、精液を注ぎ込んでいった。

「んぐっ、あぁ♥　あたしの奥に、ベチベチ当たってる……♥　んぁ、あぁ……♥」

うっとりと呟きながら、エミリは幸せそうにこちらを見つめた。

その満たされた感じと、まだまだ貪欲に肉棒をくわえ込んでいるおまんこのギャップがとてもエロい。

「ね、アルヴィン」

そんな俺の背中に、ルーシャがのしかかってきた。

むにょんっと、柔らかなおっぱいの感触が背中に伝わる。

心地よい彼女の体重と、熱い身体。その体温が、ルーシャの興奮を伝えてくる。

「私のおまんこにも、いっぱい種付けして？　このタマタマに、まだまだいっぱい精液残ってるでしょ？」

「うぉっ……」

背中にのしかかる彼女は、手を下に伸ばして陰嚢を撫でてきた。

射精直後でひっこみがちな睾丸を、優しく揉みほぐしている。

いやらしい手付きで睾丸をマッサージしながら、その手がやんわりと腰を後ろへと引いていった。

その誘導に合わせ、エミリの中から肉棒を引き抜く。

「あぅ……♥」

広げられたおまんこが閉じるのに合わせて、混じり合った体液がとろりと垂れる。

ルーシャの手がすかさず肉棒を握り、軽くしごき始めた。

「おちんぽ、しっかり硬いままだね♥　あんっ♥」

俺は彼女を抱くべく、身体の向きを変えた。

まだまだ、夜は長い。

三人の身体にどっぷりと浸かりながら、俺は幸せな時間を過ごしていくのだった。

第一章　元大魔道士、地味な村人になる

王都の外れにある豪奢な屋敷。

賑わう街中からは少し離れたところにあったが、その造りが一級品であることは疑いようもなかった。街の人から憧れられるような、貴族然とした屋敷でありながら——けれど、不自然なほどに住人の気配がなかった。

それもそのはずだ。

ここは魔道士アルヴィン・ヒルシュフェルトの屋敷。

素性すら定かでない平民ながら、その強大な魔力と多彩な魔術によって王から爵位を賜り、貴族になった大魔道士の暮らす場所だ。

その才能に相応しい変わり者で、身の回りの世話をする者すら雇わず、声がかからなければ屋敷に籠《こも》り続けて研究を行っている。

その能力を高く評価されており、貴族たちから様々な縁談を持ちかけられるにも関わらず独身。

社交界のパーティーにもろくに参加しない彼は、変わり者として不思議な目を向けられているのだった。

大魔道士としての称賛、羨望と嫉妬、憧憬や畏怖を抱かれる、良くも悪くも話題の人。

そんなアルヴィンの屋敷は、豪華だからこそ人の気配がないことでますます、人々からは不気味に感じられるものなのかも知れない。

「などと、他人事のように考えてはみたが」

俺こと魔道士アルヴィン・ヒルシュフェルトは、城に呼び出されてから帰ってきた我が家を見て、そんなことを思った。

造りが豪華なのは俺の趣味ではなく、王から爵位を賜った貴族の端くれとして必要だ、とのことで大臣が責任者となって手配してくれたものだ。

パーティーに出ないのは作法がよくわからないからだし、堅苦しいのも苦手だから。

そもそも、俺が貴族としての振る舞いなんてわかってないのはみんな知っているのだが、集団の空気に弱い元日本人としては、周りに馴染めないのは居心地が悪く、落ち着かないのだった。

なんて思いながら屋敷に近づくと、俺の存在を感知したドアが自動で開く。

ホテルみたいに綺麗なロビーの、カーペット敷き階段を登り、自分の部屋へ。

最初は豪華すぎて落ち着かなかったが、今ではすっかり慣れている。

部屋に着くとさっそく、外出用だったかしこまった服を着替えることにした。

城へ行くということで着ていた正装のマントを脱いで放ると、それは魔法によって簡単に浄化された後、皺にならないようにしっかりとクローゼットへ収納される。

俺は部屋着に着替えて、ひとりで使うにはでかすぎるベッドへと倒れ込んだ。

気を遣うのも、遣われるのも疲れる。

俺が話題にあまり乗り気じゃないのが顔に出ると、向こうもすぐにびびるしな。

地位が偉いのはたいがい相手のほうなのだが、魔術的な武力があるのはこっち。変わり者の大魔道士のご機嫌の地雷が、どこにあるのかわからないから、あちらもおっかなびっくりの会話だ。

別に、そこまで怒りっぽいほうじゃないけどな。

ただ俺は、一応隠してはいるもののやはり転生者だし、貴族と平民云々は抜きにしても、その辺の感覚はやっぱ違うのかもしれない。

強大な魔力に、豪華な屋敷。国からの特別扱い。

俺はこの世界に転生して、いろんなものを手に入れた。

平凡だった前世では、決して手に入れられなかったものばかりだ。

チート級の魔力でモンスターや悪者相手に無双した結果、今では高待遇で国に囲われている。

「七色の大魔道士」「深淵の賢者」なんて肩書を付けられているのはくすぐったいものの、最初はちょっと嬉しかったしな。

ただまぁ……。

「あまり調子に乗って成功しすぎるのも、考えものだよなぁ」

金銭に困らない生活、好きなことをしていていい時間。人々からの称賛や尊敬、そういうものを手に入れられたのは良かったが、成功したからこその様々なしがらみも存在する。

特別扱いで貴族になれば嫉妬されることもあるし、強大な力に怯えられることもある。

反対に、その力を取り込みたい、利用したいと思うものも当然多い。

単純に憧れてくれる者、好意を持ってくれる者ももちろんいるのだが、すり寄ってくる奴が多すぎて誰が味方なのかわからなくなる。

ハニートラップまがいに娘を宛がってこようとする貴族も多いし、そもそも令嬢のほうがアクセサリーとして大魔道士を欲しがるパターンもある。

モテ期なのでは!?　とか浮かれていたのも、最初だけだった。

貴族の結婚は、本人の自由恋愛などでは決してない、という現実を突きつけられまくると、庶民の俺としてはやはりついていけなさを感じるのだった。

この世界では、一夫多妻が普通、というのも拍車をかけている。

たとえ同じく平民の女性と恋をして結婚できたとしても、貴族連中としては「それはそれとして、本妻としてうちの娘を」ということになってくるのだ。

「そもそも、平民の人たちにも俺の顔と肩書なんて、知れ渡っちゃってるけどな。あー、大魔道士様はモテすぎてつらいわー……はぁ」

元平民の貴族様、有名な大魔道士ともなれば、当然平民側からも玉の輿を狙ってくる人は多いのだった。金や地位にすり寄ってくるのは、この世界も現代と変わらない。

「王都じゃなくて、もっと静かなとこに行けば違うのかもな……」

疲れてそんなことを考えてみても、調子に乗ってあちこちで無双しまくっていたせいで、俺のことは大陸中で知られている。

「いや、まてよ、そもそも大陸を出ちゃえばいいんじゃないか？」

大国であるこの国は大陸全体に目を光らせているが、反面、それで十分に潤っているので大陸外とはほぼ交流を行っていない。

わざわざ海を渡る必要がないからだ。

と、いうことは、大陸さえ出てしまえば、俺を知っている人間はまずいないに違いない。そうすれば調子に乗って成功しまくり、反動のしがらみに囚われている今の状況を、リセットできる。

「よし、大陸を出よう」

そして今度は、偉くなりすぎず適度な暮らしを手に入れる！

あと、できれば恋人が欲しい！

思うように手を出せない女性にばかり擦り寄られるのは、もううんざりだ！

そう思い立った俺が立ち上がったちょうどそのとき、屋敷に張り巡らせた結界に反応があった。

本来、そうそう破られることのない結界をあっさりと打ち破った侵入者が、これまた魔法で開かないドアをスルーして、廊下の窓から飛び込んでくる気配がある。

そいつは同じようなドアが並ぶ廊下から、迷わずにこの部屋を選んで突入してきた。

「師匠！　お城に来たのに、なんでわたしに声かけてくれないんですかっ！　可愛い弟子賢者のティルアちゃんはぷんぷんですっ！」

早口でまくし立てながら飛びついてこようとした、やかましい弟子をさっとかわす。

ウサミミのようなリボンをつけたツインテール少女が、俺の横を通過していった。

「そのまましょーのベッドにダイブ！　はすはすっ。師匠の匂いがします」

俺の布団にくるまって、ごろごろと転がるナマモノ。

ぱっちりとした目に、明るい表情。見るからに美少女でありながら、突如、人の家に飛び込んでくる常識のなさ。

元気さと可愛さしか取り柄のなさそうな、ちょっとアホっぽいこれが俺の弟子——なのはまあいいとして、これで宮廷魔術師だというのだから、この国は本当に大丈夫なのか？

「ああ、なんか眠くなってきたのでこのまま寝ちゃっていいですか？　さ、ししょー、弟子と添い寝しましょう。久々に親交を深めましょう。あと、寝物語として最近師匠がしてる研究とか、わたしの研究の話をしましょう」

「いつも添い寝してたみたいに言うな」

研究話は寝そべってするようなものではない、というのはいちいちつっこまない。

「というか、研究が行き詰まってるのか？」

すでに独立し、今は城で立派に働いているとはいえ、弟子は弟子。

何か困っているなら、できる範囲で協力するが、と思って尋ねると、彼女は首を横に振った。

その前に、いい加減に人のベッドから出てこい。

「全然。どっちかというとうまくいってるので、師匠にも褒めてほしいくらいです。なにせ賢者テイルアちゃんは『深淵の賢者』アルヴィン唯一の弟子ですからね。ぬれ煎餅みたいにバリバリ活躍してますよっ！」

「へー」

「ああっ、ししょー冷たい。そこは『ぬれ煎餅はバリバリしてないだろ』ってつっこむところですっ！　わざわざ、ししょーの得意料理を出したのに」

ぬれ煎餅は別に得意料理ではない。単に日本が懐かしくなって、せんべいっぽいものや醤油風調味料もあるのなら、と作ってみただけだ。

「噛んでも粉が飛び散りにくいのがいいですよね」

ちょっと落ち着いたティルアが、ようやくベッドから出てきた。

ゴロゴロと転がっていたせいで服が少し乱れており、普通なら目のやり場に困りそうだ。

とはいえ、彼女は色気より勢いだし、着崩れたその姿も『見た目はとてもいいのに、なんて残念なんだ……』みたいな感想になりがちである。

いや、本当、背は低いのにスタイルはいいし、見た目だけならすごく魅力的なのにな。

「むむっ、ししょー、今失礼なことを考えましたね？」

「いや別に」

「ししょーの考えてることくらいわかりますよ……むっ『ティルア可愛いよティルア、はっ！　さっきまでティルアがゴロゴロしていたベッド、今なら彼女の残り香がするかも！　早く飛び込みたいからさっさと帰らないかな？』ですね!?　ベッドなんてはすはすしなくても、本物がここにいますよ、さぁ！」

両手を広げてこちらを迎えようとしているティルアに、俺はジト目を向けた。

「あっ、ししょーのその目、懐かしくてとても安心します」

ダメだこいつ、早くなんとかしないと……。

ハイテンションで喋り倒すティルアを見ながら、俺はちょうどいいか、と思った。

大陸を離れる前に、弟子にいろいろと譲っておかないとな。後で一筆も書いておこう。

「ティルア、この家と研究室、俺の資料含めて好きに使っていいぞ」

「えっ!? 師匠、それって……」

俺の言葉に何かを察したらしいティルアが、まっすぐにこちらを見つめ――。

「プロポーズですか？ 『一生、俺と一緒に研究しよう。愛というものの正体を解き明かすんだ』とかそういうやつですか？ やーもー、ししょーってばいきなりすぎますっ！」

なんにも察していなかった。まあそうだよね。ティルアはこういうやつだよね。

「あ、でもでも、一番付き合いやすい弟子のティルアちゃんも、貴族の娘さんたちを避けまくって未だ独身ぼっちロードな師匠のお嫁さん候補になったのでワンチャンそのプロポーズ、結構スムーズに受けられますよ？」

「あん？」

「やー、だって師匠、全然結婚しないから、貴族さんたちも割とどうしたものか考えてるっぽいですよ？ これだけいろんな話が来ているのに、あまりにも女っ気がないので、一部の令嬢の間では、師匠総受け……ああいやともかく、そんな中でなにせ賢者ティルアちゃん、生まれこそ平民ですけど今や宮廷魔術師ですし、弟子ですし、唯一ししょーのそばにいる美少女なので」

一部の令嬢とやらの間で、俺がどんな扱いなのか気になるような、気にしたらやばいような感じで顔をしかめる。

「あと、わたしと師匠の子どもとか魔力恐ろしいことになりそうですしね。そういう意味でも、国的に有りなんじゃないかって感じじゃないですかね。子どもとか……きゃっ。ししょー、わたしになにしちゃう気なんですかっ。いきなりそんなの心の準備が……できてるのでベッドへダーイブッ！　あぶっ」

飛び込んできた彼女をかわして振り向くと、ベッドに倒れ込んだ彼女のスカートがまくれて、ちらりと青い下着が見えた。

美少女のパンチラとか本来ラッキースケベな感じなのに……うん。

しかし貴族ではないティルアまで候補に上がっているとなると、いよいよ国側も俺に身を固めさせたいらしいな。

まあ、魔力はある程度、血筋の影響を受けるし、俺の子孫を国で囲っておきたいというのもわからなくはない。そして人のベッドにはしたなく寝そべっているティルアも、魔力が非常に高く優秀で恋人いない系の同士だ。……師弟揃って非リア充か。

ティルアの場合、見た目はいいのにな。性格もまあ、ちょっとうざくてうるさいところをのぞけば、基本的にいい子だ。元気だしノリいいし、モテそうではあるが、あるが……なーんか残念なんだよな。やっぱりうるさいし。

「むっ、今失礼なことを考えましたね？　そしてうるさくない私とか誰ですかそれ。ただの美少女じゃないですか」

「いや、ただの美少女でいいだろ」

考えを読んだ彼女に呆れながらそう返す。

「きゃっ、師匠ってば今、わたしのこと可愛いって！」

「まあ、そこは否定材料ないしな」

「やんっ、急にデレてどうしたんですか？　今すぐ教会にいきます？　森の小さな教会で、小鳥さんたちに見守られながら、すこやかなるときも病めるときもお互いすこっていくことを誓いましょうね♪」

「まあそれはいいとして」

「ああっ、ししょーが相変わらず冷たいっ」

まあ、最後にティルアに会えたのは良かったな、と思いながら、いつものように益体《やくたい》のない話を続けるのだった。

最初から「魔道士として出世したいんです！　だから名実ともに最強な大魔道士様の弟子にしてください！」と言ってきた彼女は、目的をはっきり宣言してくれた分、裏がなくて付き合いやすかった。ちょっと……いや、かなりうるさいのも、俺には合ってたみたいだしな。

そんな彼女も今ではしっかり出世して、宮廷魔術師だ。ちゃんと目的を達成している。貴族社会に馴染めなかった俺よりも、なんだかんだうまくやれるだろう。心配なことはなにもない。

俺は心置きなく、新天地へと旅立っていけるのだった。

†

決意してからは早く、最低限の準備や連絡だけをして即座に大陸を離れた俺は、王国との交流なんてない島へと移り住んだ。島といっても「大陸ではない」ってだけで、かなり大きなものだけどな。それこそ日本やイギリスだって島だし。

大魔道士であることは隠し、大陸から移ってきた普通の人として、生活を始めたのだった。かといって、生活はある程度は便利にしたい。だから、俺自身はたいしたことないが、大陸からさまざまな道具を持ち込んでいる、ということにしてある。

この島は王国よりも穏やかで、もともと接点もないため「大陸には便利な道具があるんだな」程度ですんでいるのだった。

知らないからこそ、彼の国の王都はすごく文明の進んだ都会、というぼんやりとした印象があるようだった。それゆえに元の王国は、実態よりもかなり上に見られているふしがある。

そこにつけ込むようなのはちょっと気が引ける部分もあるが……まあ、実際にこの島の住人がそちらへ行くことはないのだから、恥をかくこともないしセーフだろう。

そんな島の中でも、かなり穏やかで田舎な場所。森のそばにあるこの村に移り住んで、数ヶ月が経とうとしていた。

最初こそ大陸人として珍しがられたものの、今ではそれ以外に面白いこともない地味な青年として暮らせていた。誰も自分のことを知らないし、人々が無駄にすり寄ってもこない。

なんなら少し軽んじられているような今の扱いは、けっこう悪くない。

「ふぁぁ……」

目を覚ますと伸びをして、ベッドから降りる。

この村は土地が余っていることもあり、今の家もそれなりに大きい。もちろん、王都の家とは比べ物にならないし、それなりに広くはあっても豪奢ではない。

けれど、そんなわけでベッドは大きなサイズのものだった。以前使っていたものに慣れているので、大きいほうが落ち着くのだ。

俺は起きると手早く身支度を済ませて、家の裏へと回る。そこは、俺の小さな農園だ。

元現代人である俺がイメージするような、人に売るためのちゃんとしたものではない。素人である俺に、きちんとした農業は難しい。もちろん、そのための魔法を作り上げて使えばかなり楽にはなるだろうが、そのつもりはない。

農園と言ってはいるが、ちょっと豪華な家庭菜園というのが実際のところだ。

その家庭菜園の水撒きは、自動で行われる。大陸産の魔法道具、と称した俺の魔法だ。

刻み込んだ魔方陣は俺から魔力供給を受け、水を地下から汲み上げて撒く。

魔方陣を用いる魔法は最初こそ少し手間だが、その後はとても楽だ。

発動のたびに魔力を流す必要がある上、要求される魔力量の多さもあるので、誰にでも使えるわけではないが、魔方陣込みの設置具の見た目が、普通に農具っぽいのも俺には利点だった。

すごいのは大陸にいる技術者であって、流れ者のアルヴィンではない。

俺はあくまで、進んだ場所に生まれただけの人間。

その印象作りは上手くいっており、最初こそ物珍しがられたものの、今ではすっかりそんなこともなくなっていた。すごい道具であっても、自分たちに使えなければ興味もなくなるしな。

そして俺は楽をするために道具を使ってはいるだけで、農業で他人に勝つためには使ってはいないので、相手からもずるいとは思われないのだ。

そうして、魔法での水やりを終えた俺は、教会へと向かう。

この村では十日に一度ほど教会に集まり、みんなで神官の話を聞く。

といっても宗教的な側面はほとんどなく、実質的には村の寄り合いだ。

最初は日本のムラ的な、ドロっとしたものを想像して恐る恐る参加してみたが、実際のところはそんなことも別になく、もっと軽い感じの集まりだった。町内会が公園で、誰でも自由参加のバーキューをやっている、くらいの感覚だ。

最初に神官からの軽い説話があるだけで、あとはみんなが、教会の敷地内をウロウロとしている。

この村の神官であるルーシャが美人なので、それ目当てに集まってくる者もいる、という側面もあるようだった。

「ルーシャちゃん、いつもありがとうね！」

「おかげで、足も良くなったよ」

そんなふうに声をかけているのは彼女に治療してもらった人々で、老若男女さまざまだ。

この村で唯一、回復魔法を使える彼女は、俺と同じく他所から来た住人だが、こうしてみんなに

慕われている。

この村は――というよりこちらの世界全般だが、外から来る者に対して割とおおらかだ。

俺に対してもそうなのだが、別け隔てがない。

もちろん、村に来てからずっと大活躍で、人格面も優しくて慕われているルーシャと、ぼやっとした俺では扱いも違うが、それは個人の問題にすぎない。

そうしてルーシャに感謝する人々の更に外側には、彼女ともっとお近づきになりたいのだろう青年たちが立っている。

そんな彼らをちらっと目にしてから、俺はその集団からは離れて、ある村人に歩み寄った。

「おお、アルヴィンか。相変わらず細っこいな。もっと食え、ほら」

「ありがとうございます」

串に刺さった肉を渡されて、お礼を言う。焼き鳥みたいな可愛いサイズじゃない。十五センチはある肉の塊だ。

渡してくれたおじさんは、俺よりもだいぶ体格がいい。ベテランの狩人だ。

必要なら魔法で身体強化をするから、普段はろくに筋肉のない俺とは違い、しっかりと鍛え抜かれた身体はやはりかっこいい。

まあ、村のみんなと狩りに行かない俺には、必要ないんだけどな。

狩人はこの村では花形の仕事なので、やはり目立つ。

俺の魔法を使えば狩猟も簡単になるだろうが、勢いづいて狩りすぎてもまずいし、他の若手が経験を積んで成長する機会を奪ってしまうから、長期的にはいいことがない。

かといって魔法を封印して臨めば、まったく役には立てないだろうし、そもそも、狩りはみんなで行動するのにひとりだけ手を抜くのもどうなのかって話だ。

そんなこともあって、俺は狩りには参加せず、山では山菜を採っている。

派手さはないが、いろいろと好都合でもある。

この村の肉料理は美味しいけど、そればかりじゃ栄養バランスも崩れるしな。

ともあれ、若者にとってはやはり花形である狩りがかっこよく、そこが一軍って感じで、そんな彼らは自信を持ってルーシャのところへと行っていた。

彼女のほうは、普通に丁寧に対応しているようだ。

遠くからそれを眺めていると、俺に声がかけられる。

「アルヴィンはいっつも、端っこでぼんやりしてるねぇ」

薬師のおばさんが、リーシャを中心に集まっている若者たちと、端に座って肉を食べ終えつつある俺を見てつぶやいた。

「もっとシャンとしてなさいよ、見てくれは悪くないんだから」

「はぁ……」

曖昧にうなずくと、彼女はやれやれ、といった顔でこちらを見た。

「もう、しっかりなさいな。若い時間ってのは、あまり長くないんだから。ぼーっとして後悔しないようにね」

そんなふうに言い残して、去っていくのだった。

確かに今の俺は無気力だな。

様々なしがらみから開放されて、ついつい、ぼんやりと過ごしている。

これはこれで幸せだし、必要なことだったと思うが、そろそろこの先どうするかを考えてみてもいいのかも知れない。

もちろんその結果として、やっぱりだらだら過ごす、っていうのだって有りなのだから。


「あっ、アルヴィン、ここにいたんだね」

端のほうにいた俺に声をかけてきたのは、ルーシャだった。

彼女の格好は一見すると露出の少ないシスター服なのだが、回復を行うのに動きやすさが必要なためか、実はかなり深くスリットが入っており、動き回ると結構際どい。

それに彼女は、露出が低くてもはっきりと分かるほどの爆乳だ。

顔も性格もスタイルもよく、モテるのも当然、といった感じだった。

浮いた話がないのが不思議なくらいなのだが、村の男たちが互いに牽制しているのかもしれない。

「どうしたんだ、こんなところに」

「こんなところって……ここもしっかり、教会の敷地なんだけど？」

ちょっと拗《す》ねた様子で言う彼女に、俺は手を振りながら応える。

「そういう意味じゃないさ。さっきまでみんなに囲まれてたと思うけど、どうしたのってこと」

「一通りお話は終わったからね。アルヴィンは、なぜか私のところにこないし」

「いや、最初の話はちゃんと聞いてたよ」

「そういうことじゃなくて」

今度は本当に拗ねた素振りを見せながら、ルーシャがぼやく。

「まあ、たくさんの人に囲まれてて忙しそうだったしね」

「今日に限らず、アルヴィンは普段も、私のところにこないじゃない？」

「狩りをしている人たちと違って、俺は怪我しないしなぁ」

「ふぅん」

彼女はあまり納得はしてなさそうな声で、そう言った。

「でも、森には入ってるんだよね」

「ああ。でも山菜を採るだけだから、獣の気配とかしたら、すぐ逃げてるよ」

「そうだね。それでいいと思うよ」

言いながらも、彼女は少し何かを考えているようだった。

「どうしたんだ？」

俺が尋ねると、ルーシャは小さく首を横に振った。

「いえ、なんでもないの」

その態度は少し気になったが、なんでもないというなら突っ込むところでもないのだろう。

彼女は俺と同じ、外からこの村に来た存在だ。

それでも大陸から来た俺とは違い、彼女の故郷はちゃんとこの島にある。

とはいってもそう頻繁に帰れるわけでもないし、他所者同士ということで、なにか話したいことがあるのだろうか？

そういう相談が出来るのはここでは、同じく外から来た俺くらいだからな。

だから来てくれたのだろうか、とも思ったが、その後も彼女がそういった話を切り出してくることはなかった。

ただ隣りにいて、他愛ない会話をしていた。

ルーシャの場合、雑談なら相手はたくさんいるだろうし、俺より盛り上げ上手なやつも多いだろうに。それでも彼女はなぜか、俺の隣にいてくれたのだった。

†

しばらくして。

ある日、ルーシャへの届け物で教会を訪れると、彼女の周りには相変わらず人が集まっていた。
三、四人ほどが彼女を囲んでいる。この時間、若者は仕事をしていることが多いため、そばにいるのはおじいちゃんおばあちゃんたちだ。
「ルーシャ、荷物、奥のテーブルに置いておくぞ」

「うん、ありがとう」

ひと声かけて、そのまま教会の奥へ。

村自体が小さいため、唯一の神官としてルーシャがひとりで暮らしている。

教会の裏手側は、彼女の生活スペースだ。

荷物を置いて入口に戻ろうとすると、ルーシャがこちらへと歩いてきた。

「アルヴィン、このあとって時間ある？」

「ああ、別に予定はないけど……」

「ちょっと話していかない？　また、大陸の王都のことを聞かせてほしいし」

そう言った彼女の目は、好奇心で輝いている。

ルーシャは王都の話を聞くのが好きみたいで、こうしてタイミングが合うたびに、俺に尋ねてくるのだった。大陸にある王国とこの島はほとんど行き来がないし、まして移り住むような人間はほとんどいないから、絶好の相手だというのはわかる。

俺としても、自分が大魔道士だったことや一応貴族だったことを除けば、別に王都のことは話しても問題ないしな。

彼女に誘われるまま、教会の奥にあるスペースへと通される。

「ちょっと待っててね」

そう言った彼女はキッチンへと向かい、お湯を沸かし始める。

上機嫌な様子の後ろ姿を見ていると、なんだかほっこりとする。

しっかり者で優しい、落ち着いた大人の女性、というイメージのルーシャだが、王都の話を聞くときだけはいつもより子供っぽい感じだ。

それはきっと、神官としてではない彼女の姿なのだろう。

なんてことを考えているうちに、彼女がお茶を淹れて戻ってきた。

紅茶とハーブの合わさった爽やかな香りが鼻へと抜ける。

自分で淹れるのとは違う、こだわりのある香りだ。

「アルヴィンは、王都で暮らしてたんだもんね」

どこかうっとりと言う彼女に、俺はうなずく。

「一応な。そんなに中心のほうじゃないけど」

「中心って、お城とかがあって、貴族が住んでるとこでしょ？」

「ああ。規律とかいろいろと細かいから、ほとんど出入りすることないけどな」

「確かに。貴族と話すとか、すっごく緊張しそう」

「ルーシャは神官だし、場合によってはありうるからなぁ。まあ神官だったら、多少は作法が違っても怒られないとは思うけど」

「でもそれ、裏でなにか言われるやつでしょう？　うん、そこは大きな国の神官じゃなくてよかったかな」

彼女はそう言いつつも、小さく首を横に振った。

「でも、大陸の教会って、すっごい綺麗なステンドグラスとかあるんでしょう？」

「ああ、円形のやつはカラフルで……上手く表現できないけど、すごく綺麗だったな」

「いいなぁ……もっと一般的になってくれれば、この教会にももっと大きいのが置けるようになるんだろうけど……」

「あれは、作れる人が少ない専門技術だからな」

ステンドグラスにしたときに映える配色や図案を引けないといけないし、ガラス自体も綺麗に作れないといけない。

大きなものは、はめ込む場所も大抵は高いところだし、技術的なハードルや人員的なハードルを乗り越えないといけないため、憧れだからといってそう簡単に出来るものでもない。

大陸であっても、王都を始めとした大都市くらいにしかないものだ。

普通サイズのステンドグラスはこの教会にもあって十分に綺麗だが、王都にある大きなものと比べると、やはり迫力が違う。

「俺は行ったことなかったけど、教団の本部もすごいらしいな」

「みたいね。でもこっちと違って、人がたくさんいるんでしょう？」

「ああ。いつでも、王都で行われる屋台市《やたいいち》と同じくらいの人混みだって聞いて、行くの諦めたくらいだから」

「屋台市？」

「あっちの王都では何ヶ月かに一度、ちょっとしたお祭りみたいなのをやるんだ。その日は王都のあちこちから、会場になる大通りに人が集まるから、すごいことになってさ……」

魔術に使える変わった素材を扱う店が出るから、と一度だけ出かけてみたら、その人混みに辟易してしまった。王都という便利な場所に住みつつも、基本的には混んでいる場所や時間帯を避ける引き籠もりの魔術師には、ハードすぎる環境だった。

ごった返す人の群れは、日本の満員電車か夏冬のイベントを思い出させる勢いだった。

「普段から人が多いのは知っていたが、あそこまでとは……。一体どこに、ああも多くの人が隠れていたのか」

「王都って、知らない人同士がいっぱい暮らしているんだもんね」

「ああ、そうだな」

この村は、みんなが昔からの知り合いだ。

ルーシャのように外から派遣されてくる神官もいるが、基本的には、同じ村で生まれ育った者たちばかり。俺みたいな流れ者すら、かなり珍しいらしい。その割に閉鎖的ではないのは、この島全体の気風なのだろう。気候にも恵まれて生活に余裕があるためか、みんなのんびりとしている。

ここへ来てよかったなと、改めて思った。

「すごいなぁ。本当に大陸は、吟遊詩人が語るとおりなんだね」

「まあ、いいところや、目立つところだけを見ればそうかな」

先日聞いた最新の詩《うた》に「七色の大魔道士」が出てきて、思わず顔をしかめたが。

幸いにして、伝わってくるうちに話が誇張されたのか、魔術師でありながら岩をも砕く怪力の大男だとマッチョに表現されていたので、もはや誰も、俺のことだとは思わないだろうが。

モンスター退治のときに大岩を砕いたのは事実だが、あれはあくまで身体強化の魔法の効果であって、俺自身の筋力ではない。

海を超えてまで伝わっているのには警戒したものの、逸話だけから見た目のイメージが作られていくのか、どんどん大げさになっていたため、もはや別人だ。特定されることはなさそうだった。

「ああ、やっぱり王国はすごいのね。アルヴィンの話を聞いてると、一回くらい大陸のほうへ行ってみたい気もするなぁ」

ルーシャは控えめに願望を口にするが、その顔は王都への憧れに溢れている。

俺の話を聞くまでもなく、もともと彼女は王都に憧れていたのだろう。

大陸との接点が少ないこの島では、流れてくるのはきらびやかな噂話や英雄譚、優れた技術なんかのいい部分だけに偏《かたよ》るだろうし、それも納得だ。

そこに、大陸出身の俺が同じ村に来たのだから、彼女が聞きたがるのもよくわかる。

ルーシャからしてみれば、モブとはいえ、吟遊詩人の詩から飛び出してきたような相手だからな。

話でしか聞かない王都に住んでいた人物、となれば、そこに興味を抱くのも当然だろう。

俺としても彼女に大陸の話をするのは、けっこう好きだった。

素直に感動し、憧《あこが》れる彼女の目を通すと、これまで自分が過ごしてきた国がとても魅力的な場所であるようにも思えてくるからだ。

それはとても素敵なことだと思う。

だから、神官としてではないルーシャと過ごすことは、俺にとっても楽しい時間だった。

†

とそんなふうに、地味でひょろい青年としての新生活を楽しんでいた俺は、今日も山に入って山菜を集めている。決して採りきらず、山から少しだけ分けてもらう気持ちで。

そうやって自然と触れ合いながら生きていく暮らしは、思っていた以上にいいものだった。

屋敷に籠もって研究ばかりしているのも、もちろん好きでやっていたことだ、だが、いつの間にか結果を出すのが当たり前になっていて、何かに追われるような生活だったからな。

ストレスの主な原因は貴族とのしがらみだったわけだが、こうして研究のほうもリセットしてみると、思っていたよりも辛かったらしい。望んで手に入れた力だったし、こういう機会でもなければ、それを認めるのは難しかったのだろうな。

なんてことを考えながら、山菜を採り終えて村へと戻る。しかし、なんだか村全体の空気がいつもと違った。軽く様子を魔法探知してみると、人々は全体的にざわついていて落ち着きがなく、とくに教会前の広場あたりに多く集まっている。

どうしたのだろう、と思いながらそちらを目指して歩いた。

広場に近づいていくと、向こうから知り合いのおじさんが駆け寄ってくる。

「おお、アルヴィンか、無事で良かった。怪我はないか？」

「ええ、一体何があったんです？」

聞いても要領を得ず、そのまま広場へと歩いていくと、そこではルーシャが治療を行っていた。

ケガ人を安心させるように笑みを浮かべながら、祈りの言葉を紡いで回復魔法を放つ。

ルーシャの掌から暖かな光が広がり、村人の怪我を治していった。

「おお……どんどん痛みが引いていく」

男がポツリと呟く。

こぼれ出た血までは消えないものの、傷口は綺麗にふさがっていった。俺には使えない神官の回復魔法を興味深く見るとともに、そのケガ人が狩人の若者であることに改めて気付く。

「なにか出たんですか？」

「ああ、モンスターがな」

「モンスターが!?」

この村の周辺は普段は獣ばかりで、モンスターはまず存在しない。

魔力を持つモンスターは、一般的に森の獣よりも強力で凶暴で、とても危険な存在なのだ。

「ああ。幸い、デビルベアだったから、冒険者を呼びに行かなくてもなんとかなりそうだが……さすがに突然襲われては、どうしようもない。慌てて逃げ切ってきたところだ」

「アルヴィン、戻ってのか」

ひとりの青年が、こちらへと近づいてきた。

「狩人でさえこの状態だから、お前が森で採取中に遭遇していたら、危なかったぞ」

「ああ……」

ルーシャのおかげですぐに治ったとはいえ、けっこうな怪我をしてしまっていたことを考えると、むしろ俺が遭遇していたほうが被害もなく対処できて良かったのだ。

まあ、村人から見た俺は、狩りもできないひょろい青年だしな。

お前じゃ勝てないだろ？　と思われるのも当然だし、なんだかんだで心配してもらっているのも不思議な感じだった。大陸にいた頃は天才だ最強だと持ち上げられて、もっと強力なモンスターと戦うときですら、気遣いなんてされなかったからな。

「モンスターを放置して、村まで来てしまったら大変だからな。俺たち熟練組はこれから準備して、モンスターを狩りに行く。デビルベアなら、討伐経験もあるしな。アルヴィンも明日には、また問題なく山へ入れるようになるぞ」

そう言っておじさんたちが、怪我の直った狩人と合流する。

と、治療を終えたルーシャがこちらに気づいた。

「アルヴィン、無事でよかった！」

彼女はこちらへと駆け寄ってきて、そのまま俺に飛びついてきた。

反射的に受け止めると、彼女の柔らかな体、とくに走るだけで弾むその爆乳がむにょんっと押しつけられる。

それと同時に、彼女の甘い匂いと体温が感じられた。

「あっ、ごめんね？　無事だって安心したら、つい」

「いや、大丈夫だよ」

はっと気づき、顔を赤くして離れるルーシャに、俺も少し照れながら言った。

押しつけられた爆乳の柔らかさは、思っていた以上にやばい。

「それにしても良かった。モンスターとは遭わずにすんだんだね」

「ああ。モンスターが出たっていうのも、さっき帰ってきて教えてもらったところだ。ルーシャも、お疲れ様」

「うん。彼もそこまで大怪我じゃなくてよかった。モンスターは危険だからね」

「この村に来てから、見たことなんてなかったけど……」

「私もモンスターが出たって話を聞いたのは、村に来て初めてだよ。アルヴィンが無事で、ほんとうに良かった。狩人の方たちと違っていつもひとりだし、出会ったら逃げ切るのも難しいでしょ？」

「仲間のフォローもないし、装備も貧弱だからな」

デビルベアは、その強そうな名前に反してモンスターの中では弱いほうだ。

野生のクマが出るような場所でときおり現れる凶暴な相手ということで、冒険者ではない人々の感覚でデビルの名がついているにすぎない。

実際のところは悪魔でもなんでもなく、魔力によって身体能力が高く凶暴なだけの、下級モンスターだ。しかし、ドラゴンやゴーレムよりはるかに弱いからといって、普通の人にとっては危険だということに変わりはないのだ。ただ、その危険度はもちろんばらつきがあり、デビルベアくらいなら、実際にこの村の狩人たちだけで対処できる可能性は十分にある。

森を抜けた大きめの町まで出て、冒険者を頼るよりもはるかに早い。

夜にでも村に来て暴れられたら被害が出てしまうかも知れないし、できるだけ早く対処したほう

そういうものとして納得してもらえそうではある。

　……俺が対処するのが一番早いといえば、早いのだが……。

　大陸産の魔法武器を持ち出したということにすれば、素人である俺がモンスター退治をしても、そういうものとして納得してもらえそうではある。

　ただ、あまり出しゃばるのもどうなのだろう、という部分もあった。

　これが例えばドラゴンのような、危険でどうしようもない相手なら、俺がこっそりなんとかしてしまったほうがいいだろう。冒険者ギルドに行くのも、間に合わない恐れが強いし。

　だが、デビルベアとなると微妙だ。

　おじさんたちが言っていたように、デビルベアは珍しいものの、まるで出ないわけではないらしい。そうなると、今の若手にもそれを狩る経験というのは必要なはずだ。狩人の中でもベテランの者たちは、自信があったようだし。

　変に俺が手を出して、経験の機会を奪うのは良くない。

「どうしたの？」

　考えごとをしている俺に、ルーシャが声をかけてくる。

「いや、俺も一応この村の若者だし、こういうときはなにかしたほうがいいのかなって」

　そう言うと、彼女は首を横に振った。

「狩人ならともかく、若くても他の人たちは行かないよ。だから、アルヴィンだけが気にする必要はない、けど……」

そう言った彼女は、俺を意味ありげに見る。

「そう言うってことは、アルヴィンはモンスター退治が出来るの？　何か隠してることがあるとか」

こちらを探るような目で、ルーシャが見てくる。

彼女は誰にでも優しく、基本的に村のみんなと親しい。

ただ、そんな中でも俺には、少し違う表情を見せることがある。

それは俺が唯一、彼女と同じ、村の外の出身だからだと思っていたのだが……。

思い返してみれば、ルーシャは俺のことを軽んじたことがないかも知れない。

それは優しさや性格の良さなのだと思っていたが……大陸ではないとはいえ、もっと栄えた都市で魔法の勉強をしていた彼女なら、俺が隠していることの一部に気づけていたのかも知れない。

「別に隠してはいないさ。大陸産アイテムの中には武器もいくつかあるから、役に立てるかもって思っただけ」

それでも俺は、そう言ってとぼけた。

実際、魔方陣を刻んだ上で銃に似せた武器も持っている。大陸にいた頃に作ってみたものの、俺の場合は自分で魔法を放ったほうが早いし強いから、ろくに使い道がなくて倉庫に眠っていた。

けれど、力を隠すなら使い所もあるかも知れないだろうと、持ってきていたのだ。

「そうなんだ」

ルーシャは納得したのかどうか、よくわからない表情でそう言った。

そしてそこで、ルーシャも回復役として討伐に同行するのだということを聞く。

上手くいくなら手を出す必要はないだろう。だが俺は、狩人たちについていこうと決めた。

万が一にも、何かあったらきっと後悔するだろうから。

それに大陸産のアイテムという言い訳は、ルーシャ以外には立派な隠れ蓑になってくれるはずだ。

†

俺は魔法で気配を消して、こっそりと狩人たちについていった。

いくら気配を消していても、彼らの目はいいので、近すぎては見つかってしまうだろう。

そのため、十分に距離を開けつつ、見失わないように気をつけながら進んだ。

彼ら六人とルーシャは、デビルベアを探しながら慎重に森を進んでいる。警戒しているため、その進行はゆっくりだ。経験を積ませる意味もあり、若手が前衛となって進み、ベテラン勢がそれをフォローする形で動いているようだった。

ベテラン勢は、彼らほどには山歩きに慣れていないルーシャにも、かなり気を遣っている。

基本的に個人行動が多い俺には新鮮な光景で、その動きをじっと観察していた。

自分が中にいると気付きにくいだろうが、外から見ていると、ベテランがさり気ないフォローに回ったときもわかりやすかった。

デビルベア以外の痕跡を見逃したことを遠回しに伝えると、若手がそこでその意図に気付く。

答えを指示するのではなく、自分で気付かせるというのは、なかなか難しそうだなと思った。

実際、この瞬間だけを考えるのなら、はっきり言ったほうが早い。

ただ、自分から気付いたほうが成長には繋がるのだろう。

すぐにデビルベアに遭遇する様子でもなかったので、俺はそんなことを考えながら、彼らの後ろについていくのだった。

そうやってしばらく歩いたあと、若手の狩人が、ついにデビルベアの痕跡を発見する。

一団は警戒しながら、それを追っていった。

「いたぞ……それっ！」

ようやく発見したデビルベアに、狩人が先制で矢を放つ。

デビルベアの見た目自体は、少し大きめでガッチリとした体格の熊だった。

ただし、その毛はやや紫がかっており、目は赤く輝くように目立っている。

目が赤いのは、この世界のモンスターの特徴だった。

「グオォォォッ！」

デビルベアのほうもすばやく反応したので、矢は浅く刺さるだけにとどまった。

そこから狩人たちとデビルベアの戦闘が始まる。

ルーシャはまず、後ろへと下がった。

「いいか、やつの攻撃は強力だが、一度にあちこちを狙えるわけじゃない。多人数で囲んで分散させてやれば、くらうこともないはずだ」

一対一なら、専門家の冒険者ではない人間よりはずっと強いデビルベアだが、狩人たちは複数だ。

デビルベアも射られては反撃をするが、その方向を定めきれず、ぐるぐるとあちこちを順に攻撃していく。

緊張感こそあるものの、彼らの戦闘は危なげなく、やはり余計なおせっかいだったかな、と思った。これなら俺どころか、ルーシャの出番すらほとんどなさそうだ。

そうやって安心しかけたところに――。

「まずい、もう一頭いるぞ!」

狩人の叫び声。

二頭目のデビルベアが草むらから現れ、狩人たちに襲いかかったのだった。

襲われた狩人は初撃をなんとかかわしたものの、二頭目のデビルベアによって連携や隊列が崩れていく。

「うわぁぁっ!」

とくに若手の何人かは、予想外のことに立て直しがうまくいかないようだった。

「くそ、二頭いるなんて初めてだぞっ。おい、一度下がれ!」

ベテラン勢にとっても、二頭同時は予想外だったらしい。

モンスター自体があまり出ない地域だから、無理もないだろう。

「これは、助けに入ったほうがいいな」

そう判断した俺は、魔法の銃を構えて、撃つ。

魔力を込めると魔方陣が起動し、弾丸を打ち出した。

弓よりも速い弾丸が、狩人を爪で引き裂こうとしていた二頭目のデビルベアに命中し、その頭を削り取っていった。

衝撃でのけぞり、声をあげる間もなく絶命するモンスター。

頭部を失った体が傾き、そのまま倒れる。

少し離れた位置にいたルーシャが、いち早く俺に気付いたようだった。

一頭なら狩人たちも対応できる……のだが、それは普段の話。

若手は一度起きた想定外の出来事に崩されて立て直しができず、ベテラン組は自身たちこそすばやく持ち直したものの、敵のそばで崩れている仲間を無傷でフォローできるほどの勢いはない。

「おいっ、一度引けっ！」

ベテランが矢をつがえながら叫ぶが、残ったデビルベアも若手へと爪を伸ばす。普段なら避けきれるだろう攻撃だが、驚き身がすくんでいる男は動けなかった。

俺はすばやく銃を撃ち、二頭目の腕を吹き飛ばした。

「グオォォオォッ！」

強力な攻撃に、デビルベアはこちらへの警戒を最大にして向き直る。

腕を飛ばされ血を流していても、凶暴なモンスターは止まらない。

そのまま、俺のほうへと駆け出してきた。

「グオォオッ！　オォッ！」

しかしその後頭部に、ベテラン狩人の矢が複数刺さり、デビルベアが崩れ落ちる。

痛みを無視して動く凶暴さがあっても、肉体を持つ以上、脳が破壊されればすぐに動けなくなる。

倒れた姿を確認したあとで、狩人はもう一方のデビルベアを倒したのも俺だと気付いたようだ。

「ありがとう、おかげで助かったよ。……だが、どういうことだ？」

それはデビルベアを倒した手段と、そもそもなぜ助けに来たのか、という両方を尋ねているのだろう。

そう思いながらも、俺は片方にだけ答える。

「大陸から持ってきた武器のおかげだ。弾数もあまりないから日頃は使えないけど、めったに出ないモンスター相手になら、と思って」

「そうなのか。そんなものが……いや、そのおかげで助かった。まさかデビルベアが二頭も出るなんてな……」

狩人は二頭分の死体へ目を向けながら言った。

「ひとまずは大丈夫だろうが、後で冒険者ギルドへ行って、調査を依頼しないとな」

「た、助かったよアルヴィン」

若手の狩人が、そう言いながらこちらへと近づいてくる。

「普段狩りに出ないけど、実はすごいやつだったんだな」

「すごいのは道具だよ」

「それでも、その道具で助けてくれたのはアルヴィンだからな。本当にありがとう」

そんなふうにお礼を言われると、なんだかくすぐったい。

普段「王都から来たものの、狩りの能力も優れたところもない期待はずれの人」として過ごすのを選んでいるのは自分だし、それに不満もなかったが……。

こうして感謝されるのも、悪くないな、と思った。

とはいえ、基本的には調子に乗らないようにしないとな。

ここでいい気になって力をひけらかすと、また王都にいた頃と同じことになってしまうだろう。

適度なバランスに気をつけつつ、俺はみんなとともに村へと戻っていく。

「ね、アルヴィン」

その最中、ルーシャが俺の隣に来て、小声で話しかけてきた。

「さっきのあれ、道具じゃなくて、ほんとうに魔法なんでしょう？」

彼女は俺の様子を伺いながら、言葉を続ける。

「私も一応、回復魔法を使えるからね。わかるよ」

ルーシャが魔方陣を使っているのを見たことはない。が、魔法の勉強をしているなら、その仕組みを知っていても不思議ではない。

それに、元々彼女は、俺が魔法を使えるんじゃないか、と気にしていたふしがあるし……まあ、バレるのも時間の問題だったのだろう。

「ああ。だがこのことは、あまり表には……」

「やっぱりそうなんだ。なんか不思議だけど……あとで、詳しく聞かせてね？」

「わかった」

内緒話を終えて、俺たちは村へ戻っていくのだった。


村へ戻ると、多くの村人が狩人たちを出迎えた。

彼らがデビルベアを討伐できたことを知ると、空気は一気に緩み、そのままお祭り的な盛り上がりをみせていく。めったに出ないモンスターという危機。それが解消された反動で、空気は明るいほうへと変わっていた。

「これで安心だな」

「よくやってくれた！」

「またしばらくは、モンスターも出ないだろうな」

そんなふうに話しながら、村人たちが喜んでいる。

二頭目が出てきたのは予想外だったが、狩人たちにもケガがなくて、良かったと思う。

主役となっている彼らから離れ、俺はルーシャと話すために、家へと向かうのだった。

「アルヴィンは、あまりみんなに囲まれたくないの？」

帰り着くとすぐに、待っていた彼女はそう問いかけてきた。

俺は簡単なお茶の準備をしながら、うなずく。

「ああ。あまり目立ちたくはないかな。ただでさえ、大陸出身ってことで目立ちやすいしな」

人に囲まれるのは、もちろん気分がいいときも多い。

しかし反面、いろんなしがらみや要求が増えてくるものでもある。

「ふうん、そうなの？」

振り返って確認すると、彼女は不思議そうにこちらを見ていた。

俺はお茶を淹れて、彼女のいるテーブルへと向かう。

教会で彼女に淹れて貰うのとは違い、シンプルな紅茶だ。

俺が向かいに座ると、ルーシャは話を続ける。

「魔法が使えるのを隠してたのも、目立ちたくないから？」

「俺の他には、ルーシャしか使えないって話だったからな」

今なら、ルーシャが俺を妬んでなにかをしたり、村で対立したりしないということはよくわかる。

だが、世の中はそういう人ばかりじゃない。

神官で、唯一魔法を使える存在。

その特別性を守りたいと思う人間だって多い。村にきた時点では、その神官がどっちのタイプかなんてわからないしな。隠しておくほうが無難なのだ。そんなことを回りくどく話す。

「まあ、それもわかるといえばわかるけど……」

そう言った彼女は、軽く頬を膨らませた。

「私がそういうタイプじゃないってわかったんなら、もっと早く教えてくれてもよかったんじゃない？　そしたら、他にも共通点ができてたんだしさ」

「いや、最初に使えないって言っちゃってるからな……」

実は使えました、というのもなかなか言い出しにくい。

ルーシャも疑念は持っていたようだが、確信は持てていなかったみたいだし。

「それに、ルーシャがよくても、他の人もそうとは限らないし」

神官というのは特別な立場だ。

よそからふらっときた怪しげな人物が、教会のそれと近い力を持っているというのを、快く思わない村人もいるだろう。

「まあ、そうかもね。教会も神秘的なイメージ作りをしてるとこがあるし。それでも島の中央には、魔法を使える人も普通にいるんだけどどね」

王国のように国が魔術の研究に力を入れているところは別だが、この島のように魔法を一般化させようとしていない地域だと、教会の回復魔法だけが神秘、他の魔法は怪しげなもの、という印象という人も多い。

「だから一応、俺が魔法を使えることは、これからも秘密にしておいてくれ」

「ん、わかったわ。ふたりだけの秘密ね」

彼女は意味ありげな笑みを浮かべて、そう言った。

「秘密にするのはいいけど、私にはもっと教えてくれる？　アルヴィンが使える魔法のこととか、アルヴィン自身のこととか」

「ああ。まあ、ある程度のことなら」

「アルヴィンって、王都に住んでたんだよね。その割に人と接することが少なかったって言ってたし、もしかして研究職の魔術師だったの？」

「さすがだな。そのとおりだ。基本的には引きこもって、研究してたよ」

研究成果そのものを期待されていたというよりは、それまでのむちゃくちゃぶりによって自由にさせてもらっていただけだが。

「大陸の王都で研究者って、すごいね！」

ルーシャは驚いたようにそう言った。ある程度俺の力を見抜いており、軽んじてはいなかった彼女にとっても、さすがに予想外だったらしい。

「まあ、俺は研究成果を期待されるような魔術師じゃなかったけどな」

「王都に住んでる魔術師って、なんだかすごく都会的だね」

「そう、か？」

都会に住んではいたけれど……。

ルーシャの目からは、行ったことのない大陸への憧れがみてとれた。

俺自身がどうというよりも、魔法の研究が盛んだという王国らしさに興奮しているのだろう。

普段なら喜ばしい反応のはずなのだが、今は少しさびしい気もした。

そんな自分を少し不思議に思いながら、話を続ける。

「ルーシャはやっぱり、王都に行ってみたいって思う？」

「うーん、どうだろう」

しかし意外にも、彼女はそう言って首をひねった。

「もちろん、王都の町並みを見てみたいとか、いろんなところから来る人を見てみたいって思いもあるけど……どっちかっていうと憧れてるだけかな」

そう言うと、彼女は小さくうなずく。

「実際に行くよりも、素敵なところだけ空想してたいって感じだと思う」

「そうなのか」

現実的に考えると人混みは不便だし、悪い人だっているし、いいところばかりじゃないからその気持もわかる。実際、他の要因があったとはいえ、俺も王都を離れてこっちに来ているわけだしな。

「アルヴィンはどう？　都会からこっちに来てみて……思っていたのと違った？」

そう問われて、俺はうなずく。

「ああ。想像していたより、ずっと良かったって思ってるよ」

本心からそう言うと、彼女は柔らかく笑みを浮かべるのだった。

†

デビルベアが討伐されてから少し経ったが、あの日、狩人たちが討伐の詳細について話したようで、他の村人から俺への視線も少しだけ変わった。

大陸産魔道具の力が大きかったとはいえ、危険なモンスターを討伐したということで、一目置かれるようになったのだ。元々、別によそ者だからと排斥されていたわけでもないので、明らかに扱いが変わったというわけではない。取り柄のない人から、ルーシャほどではないが、少しは「頼れる人」の枠に入った感じだ。

目立ちすぎるのは避けたいところだが、まだまだルーシャやベテラン狩人ほどの扱いではないので、そう居心地の悪いものではなかった。

過剰に持ち上げられると疲れるけど、別に、慕われること自体が嫌いなわけではない。

もちろん、美味しいところだけを取れるわけではないので、バランスが大切なのだが。

調子に乗りすぎてはいけない。

そんな中で露骨に態度が変わったのは、ルーシャだった。

彼女の場合、モンスターを倒したからというより、それをきっかけにして魔術師であることがバレ、腹を割って話すことになったから、という感じだけど。

「へぇ、魔方陣を刻むのを補助する道具があるんだね」

彼女は今、俺の家――の倉庫部屋を、興味深そうに眺めている。

あれ以降、ちょくちょく俺の家を訪れるようになっていた。

住民みんなが知り合いの、小さな村だ。

村内で注目されている女性であるルーシャが、俺の家に出入りするとどんな噂になるのか、というのは彼女のほうが理解していそうなものだが……。

それとも、どうなのだろう。逆に釣り合わなすぎて、問題にもされないのだろうか。

お互いを知っているからこそ、ちょっと家に出入りするくらいでは浮いた話にならず、ちゃんと事情もわかっている、なんて可能性もありそうだなと思った。

割とあけすけに村人からルーシャが質問されても、普通に否定すればそれだけなのかも知れない。と、最初こそ気になったものの、俺自身はあまり関係を聞かれないこともあって、いつの間にかなし崩し的に、そんな変化にも慣れていた。

ルーシャは王都の魔術に興味を示したのか、決して広くはない倉庫を熱心に見て回っている。

俺もそばにいるのだが、物が多いこともあって、倉庫にふたりはやや狭い。

「この辺って、アルヴィンが自分で作ったやつ？」

「ああ。魔方陣を刻んだだけだから、使える人間が限られてるけどな」

「へぇ、かなり器用なんだね。いろんな道具まで作れちゃうなんて」

彼女は俺のそばにある、水撒き器の試作品へと手を伸ばし……そこで急にバランスを崩した。

「きゃっ！」

そんな彼女を、とっさに受け止める。

王都にいたときは、わざとこちらに倒れ込んでくるような令嬢もいて戸惑ったが、本当に転びかけている人を見るのは久々で上手く支えられず、思いっきり抱きしめるほど引き寄せてしまった。

ルーシャの身体は華奢でありながらも柔らかく、どこか甘い匂いを漂わせていた。

体重を預けるようにこちらへと寄りかかっているから、その爆乳がむにゅぅっと俺に押しつけられて、柔らかく潰れている。

狙ったわけではないとはいえ、男として役得だな、と思ってしまう。

「あっ、ごめんね」

体重を預けていることに気づいた彼女が、俺を見上げてそう言った。

抱きしめながら上目遣いをされると、なんだか誘われてくるような気になってくる。

「いや、大丈夫か？」

「うん……」

そう頷きながらも彼女は俺から離れず、むしろぎゅっと抱きついてきた。

柔らかなおっぱいの感触は刺激が強く、密着が続くことで、彼女の体温まで感じられる。

トクトクと心臓が速く動く音を感じられるが、それがどちらのものなのかわからない。

俺は内心、かなり動揺しつつも、紳士的に振る舞うことにした。

この村は互いに知り合いだからすぐ情報が行き交うし、彼女は村でも信頼の厚い神官だ。

うかつに手を出していいはずがない。

「あっ……」

そう思って、肩を支えながら彼女を立たせると、残念そうな声があげられる。

漏れた声が少しセクシーで、俺はますます我慢できなくなりそうになるのだった。

とはいえ、こんな暗い倉庫でいきなり迫るのも問題だろう。

そう思って耐えたのだったが……。

「～♪」

風呂のほうから、かすかにルーシャの鼻歌が聞こえる。

倉庫で転びかけて、埃をかぶってしまったための入浴だ。すぐに入りたいというルーシャに押されて、なんとなく勢いに負けてオーケーしてしまったが、これはどうなんだろうか。

どう考えても〝そういうこと〟をする雰囲気にしか思えない。

いや。しかしまだ、単に気やすい関係だ、という可能性も……。この村自体「みんな家族」みたいな空気のときもあるし。と俺は悶々としているのだった。

そんなふうに何度も考え込んでいると、シャワーの音が止む。

俺は風呂場のほうへ視線を向けないようにしながら、寝室へと引っ込むことにした。

落ち着かなさを感じながら、ベッドへと腰掛ける。

彼女がシャワーを使っていた時間は、短いようであり、とても長いような気もした。

どうにも落ち着かなくて、時間の感覚が曖昧だ。

するとついに、俺の部屋のドアがノックされた。

「アルヴィン、ここにいるの？　お風呂、ありがとうね」

このドアの向こう、たった一枚の板の先に風呂上がりの彼女がいる。

「うん」

あまり意識するといけないので、言葉少なに答えた。

「部屋に入っても大丈夫？」

ルーシャはそう言うと、俺の返事を待たずにドアを開けた。

それ自体は別に構わないのだが、そこに立っていた彼女の格好に、俺は思わず固まってしまう。

「ルーシャ、その、なんで……」

彼女は、タオルを一枚巻いただけの姿でたたずんでいた。

普段は露出少なめの神官服に身を包んでいるルーシャだが、タオル一枚だけとあっては、すらっとして長い手足を惜しみなく晒すことになっており、とても肌色が多い。

そして服の上からでもわかる爆乳はさらに存在感を増し、たゆんっと揺れるたびにタオル全体がゆらめいて際どかった。

「な、なんでって……ほら、埃を被った服を着たら、せっかくお風呂に入ったのに、また汚れちゃうし……」

風呂上がりのせいか、顔を赤くしながら彼女はそう言った。

俺は慌てて、ルーシャから顔を背ける。

「そ、そうかもしれないけど……」

「ね、アルヴィン」

彼女はゆっくりこちらへと歩いてくる。

見ずとも気配でわかるが、つい誘惑に駆られてちらりと目を向けると、その魅力的な身体をくねらせながら歩いて来ていた。

ただでさえ際どいその格好は、そんなふうに歩くとさらに危険に思える。

「こっちを見て?」

そう言いながら、彼女が俺の座るベッドのすぐ正面まで来る。

座った俺の正面に、バスタオルに包まれた、彼女の火照った体があった。

大きな胸がタオルを押し上げて、そこに引っ張られるようにしてお腹のあたりには隙間ができている。

「私、魅力ないかな？」

すっ、と身体を動かしながら言う彼女を俺は見上げる。

彼女と思ったよりも近い位置で目が合って軽くそらすが、強調された谷間が飛び込んできて、そこに視線が引き寄せられてしまう。

「いや……」

喉の乾きを覚えながらそう答えると、ルーシャが続けた。

「結構アピールしてたし、今も、んっ……恥ずかしい格好なのにアルヴィンってば……きゃっ」

俺はついに我慢できなくなって、彼女を引き寄せた。

抵抗することなく俺のほうへ倒れ込んできたルーシャの肌は、風呂上がりで温かい。

すべすべの肌と、タオルの感触。

「ルーシャ、誘ってたんだな。ずいぶん無防備だとは思ってたけど」

「んっ♥　鈍いよぉ……他の人には、そんなに隙なんて見せないんだから」

そう言いながら、彼女は恥ずかしさをごまかすように、俺の服へと手をかける。

「アルヴィンも脱いで？　ほら、んっ……」

「うわ、ルーシャ、くすぐったいから……」

彼女は俺の上着をまくり、指を這わせてくる。お腹から胸へと細い指がなで上げてきた。

俺は一度彼女に協力し、上半身を裸にされてから、その邪魔なタオルを剥ぎ取った。

「あっ……」

恥ずかしそうに胸を隠そうとしたルーシャの腕を掴む。

隠すことのできなくなった、豊かな膨らみ。

「あぅ……♥」

普段からみんなの目を引く爆乳が、遮るものなく晒されている。

「そんなにじっくり見られたら、恥ずかしいよ……♥」

柔らかそうなおっぱいに見とれていると、彼女の視線は俺の股間へと向いていた。

「アルヴィンのそこ、大きくなってるね。ほら、こんなにズボンを押し上げて……狭くて苦しそうだよ？」

俺が腕を離すと、彼女はズボンへと手を伸ばして脱がせていく。

「わっ♥」

下着から開放されて飛び出してきた肉棒に、ルーシャは驚きの声をあげる。

「アルヴィンのおちんちん……こんなふうになってるんだ……」

勃起竿をまじまじと眺められていると、「恥ずかしい」と言った彼女の気持ちが少しわかった。

「んぁっ♥」

俺は手を伸ばして、彼女のたわわな果実に触れた。

むにゅっと柔らかく指が沈み込み、爆乳がいやらしく形を変える。

「あぅ……アルヴィンが、私のおっぱい、触ってるぅっ……♥」

恥ずかしそうにそう言った彼女は、自分の手を俺の手へと重ねた。

しかし手を引き剥がそうとはせず、そのまま揉まれるままになっている。

魅惑の爆乳を堪能していると、掌《てのひら》の下でつんっと、突起が主張を始めた。

「んはぁっ♥　あっ、アルヴィン、んぅっ！」

立ってきた乳首をぐりぐりといじると、ルーシャは一段高い声をあげて、快感に喘いだ。

「あっ、んっ、そこ……乳首、ぐりぐりするの、んぁ、あぁっ！」

双丘の上で誇らしげにしている乳首を弄り回すと、彼女の身体がびくんとふるえ、ぷるるんっとおっぱいが揺れた。

「あぅっ、んっ、あぁ……♥」

「ルーシャの乳首、びんびんになってるぞ」

「やぁっ♥　アルヴィンがえっちな触り方するからだもんっ……んぁっ♥」

彼女は敏感に反応しながら、身体をくねらさせる。

「乳首感じやすいんだな……普段も自分でいじってるのか？」

「そんなこと、んっ♥　あぁっ……んぅっ！」

羞恥に顔を赤らめる彼女が可愛らしく、もっと乳首を責めたてていく。

「あうっ、ふぅ、んっ……あっ♥」

確実に快楽を覚えながら、彼女は足をもぞもぞと動かしていた。

太ももをこすり合わせるその仕草はとてもエロく、オスの本能を刺激してくる。

俺は乳首から手を離し、彼女の秘められた場所、足の間へと手を伸ばした。

「あっ……んっ……」

一瞬、きゅっと足を閉じて抵抗したルーシャだったが、すぐに力がぬかれ、そろそろと足が開かれていく。その付け根、彼女の秘められた部分が露《あらわ》になった。

いやらしい蜜に濡れる花弁。そこに視線が奪われてしまう。

「あぅ。私の、大事なところ……アルヴィンにしっかり見られちゃってるっ……」

「ああ。もう濡れ始めてるのもわかるよ。ほら」

「やんっ！」

割れ目を軽くなで上げると、漏れ出ていた愛液が指につく。

そのまま、彼女の土手をなぞりあげるように何往復もしていく。

「あっ♥ んっ、ふぅ……んぁっ！ アルヴィン、そこ、そんなに、んぅっ！」

くにっと柔らかな土手を弄ると、愛液が溢れ出してくる。

秘部から覗いていたビラビラを、指先で刺激した。

「や、だめぇっ……私の、んっ、大事なとこ、アルヴィンにいっぱいいじられちゃってるっ……♥」

彼女は声をあげながら、その身体を反応させた。

快楽で温まった割れ目を押し広げると、発情したメスのフェロモンがむわっと香る。

「あぅっ……」

恥ずかしそうに顔を背ける彼女のそこに、そっと指を入れる。

「んぁっ♥　あっ、指ぃっ……♥」

ねっとりとした温かいものに、俺の指が包まれる。

彼女のおまんこはもう受け入れる準備を進めており、俺の指を簡単に飲み込んだ。

「んはぁっ♥　あっ、やっ、中、んぅっ！」

軽く動かすだけでも、表面をなぞるのとは快感が段違いなのか、彼女が敏感に反応する。

「あぅっ、アルヴィンの指、入っちゃってるよぉ♥」

膣内をいじられることもそうだが、男女の行為をされていること自体が、彼女を興奮させているのだろう。

俺はもう片方の手を、割れ目の頂点でつんととがっている、その淫芽へと伸ばした。

「んはぁあっ！　あっ、そこはっ、んぅっ！」

クリトリスを軽くこすっただけで、ルーシャは腰を跳ねさせた。

同時に、膣内がきゅっと締まってくる。

「こっちが感じやすいのか」

「そこはっ、んっ、敏感だからっ……♥」

「ここも、って感じだけどな」

俺は膣内を軽く刺激しつつ、クリトリスのほうも刺激していく。もう十分に準備はできているようだけど、ルーシャの感じている姿を見ていたいという気持ちもあった。

「んはぁっ♥　あっ、やっ、アルヴィン、だめぇっ……そろそろ、んっ！　あんっ、んはぁぁっ♥　先に、んぅっ！」

ぐちゅぐちゅといやらしい音を立てるおまんこから、本気汁が溢れ出してくる。

白みを帯びたその体液に指をふやかされながら、愛撫を続けていく。

「んぁあっ！　あっ、ダメ、ダメぇっ……！　イッちゃ、んはぁあっ♥　あっあっ♥　イッちゃう、んあぁぁぁぁぁぁあっ！」

ビクンッとひときわ大きく身体を跳ねさせて、ルーシャが絶頂した。

「あっ、あぁぁ……♥」

ビクビクと身体を跳ねさせている姿は、とてもエロい。

絶頂の余韻でおっぱいが揺れるのを眺めていると、それに気づいたルーシャは、恥ずかしそうにうつ伏せになった。

「あぅっ……ひゃうっ！」

そんな彼女のお尻に触れると、びくんっと体を震わせる。

「次は、な……？」

「う、うん……アルヴィンの……おちんちんを、私の中に挿れるのよね……♥」

「ああ」

そう言いながら、俺は彼女の腰を上げて、膣口に肉棒を宛がう。

すっかり濡れた膣口は熱く、肉竿を待ちわびているかのようだった。

「あぅっ……すごく熱い……アルヴィンのおちんぽが当たってる……んっ♥」

「ああ。このままいくぞ」

「うん。私の中にきて。アルヴィンをいっぱい感じさせて」

俺はそのままゆっくりと、後背位で腰を沈めていった。

「んぁっ！　あっ、すごっ……太いの、私の中に、んぁぁっ♥」

ミチミチと処女穴を押し広げて、肉棒が進んでいく。

「ぐっ、これは、すごい締めつけだな」

「いきなり、んぁ、そんなに大きいの挿れるからぁ♥」

処女膜を越えてもなお、みっちりと狭い膣内を肉棒で押し進んでいく。

異物を追い出そうとするかのような膣道の中、ゆっくりと、力強く往復を始めた。

「あっ、んっ、ふぁっ♥　私の中、押し広げられちゃってる……♥　アルヴィンの太いおちんぽにぐいぐい広げられちゃって、んぁぁっ」

「ふっ、ぐっ……」

膣襞をかき分け、肉棒が前後していく。

「んぅっ♥　これ、すごいね。本当につながってるんだ……♥　アルヴィンのおちんちんが、私の中で動いてるの、わかるよ……」

「ああっ。ルーシャ、ぐっ……」

じっくりねっとりと往復を繰り返していると、ふいに膣襞の動きが変わった。

これまではきつく締めつけるほうに力を入れていたその襞が、デレ始める。

快楽と子種を求めるメスの動きになって、俺の肉棒に襲いかかってきたのだ。

「んはぁぁぁっ♥　アルヴィンの、おちんぽ、おちんぽが、んぅぅっ♥」

その変化は秘部だけではなく、ルーシャ自身の変化でもあるようだった。

これまでよりも高い声で喘ぎ始めた彼女が、快楽に体をのけぞらせる。

綺麗な背中のラインに広がる、つややかな髪。

俺がピストンをするたびに、彼女の体が揺れる。

「んはぁっ♥　あっ♥　んっぅっ！　アルヴィン、私、私っ！　イッちゃうっ、またイッちゃう！」

今度はアルヴィンのおちんちんで、んぁ、ああっ♥」

「ああ、好きなタイミングでイけ。俺のほうも、そろそろっ……」

「きてっ、私の中で、いっぱい気持ちよくなって。アルヴィンの感じた証、私の中でいっぱい、んあっ♥　出して、ふぁっ！」

俺はラストスパートで、ズンズンと後ろから彼女を犯していく！

パンパンと腰を打ちつける音が響き、そこに嬌声が重なる。俺は快楽に突き動かされるように、膣襞を擦り、蜜壺をかき回し、美しい神官のおまんこを犯し尽くしていった。

射精感が高まり、放出が間近に迫る。

お尻を掴む手に力を入れ、肉棒をぐいっと奥まで突きこんだ。

「んぁぁぁぁっ♥　あっ、ふぅあぁぁっ！　イクッ、イッちゃうっ！　イクイクッ、イックゥゥウウゥッ！」

びゅくくっ！　びゅるるっ、びゅぅーっ！

「あうぅぅうぅっ♥　出てるっ！　私の中っ！　熱いの、アルヴィンの精液、たくさん出て、んぁっ、あぁぁっ♥」

絶頂に合わせて射精すると、彼女の膣内が収縮し、肉竿を容赦なく締めつけてくる。

残さず精液を絞り取るようなその動きに、俺は彼女のお尻を掴んだまま、精を吐き出していくことしかできなかった。

「あ、あぁ……♥　すごい……アルヴィンとのえっち、すごすぎるよぉ♥」

とろけた声で、ややぐったりとしながら彼女が言った。

俺も同意見だ。

うごめく膣襞に、最後の一滴まで搾り取られ、脱力しながらそう思った。

「あっ♥」

ズルリ、と肉棒が抜けると、彼女のおまんこからは、混ざりあった体液が垂れてきた。

まだひくひくと艶かしく蠢く蜜壺と、溢れ出る体液。

精液を受け入れ、はしたなくおまんこを突き出しているルーシャの姿。

自分を受け入れてくれる女性の姿に心が満たされるのと同時に、そのエロすぎる光景に、性欲もまた滾ってきてしまうのだった。

「ルーシャ、身体は大丈夫？」

「うんっ……すっごくあつくて、きもちよくて、ふわふわしてる……」

「そうか」

俺はそのなめらかな肌をなでながら、彼女が落ち着くのを待った。

「アルヴィンのそれ、まだしたがってるの？」

「ああ、ルーシャが可愛いから。大丈夫？」

「うんっ。今度はもっと、アルヴィンを感じられると思うし。ちゅっ」

キスをして姿勢を変えると、俺たちは再び身体を重ねるのだった。

第二章　追いかけてきた弟子といちゃいちゃ

ルーシャと結ばれたあとも、基本的な生活は変わらなかった。

俺はこれまでどおり、農園こと家庭菜園の世話と山菜採りを主な仕事にしていて、穏やかな田舎ぐらしを続けている。

俺の野菜は、形はいびつだしサイズもまちまちだが、こっそり魔法を使っているし、厳選して少数しか作らないことで味はとてもよかった。

自分好みの味に育つと、なんだか楽しかった。この先もこんなふうにして、ここでのんびりと暮らしていくのだと思う。

俺への村人からの評価が、「普段はぼんやりしてるけど、いざというときは頼れるやつ」になったこと以上に変化が大きいのは、やはりルーシャとの関係だ。

最近は彼女のほうから、積極的に俺の家を訪ねてくるようになった。

俺が教会にまめに出入りするだけならまだしも、さすがに、おおっぴらにルーシャが家に入り浸ってしまうのは、まだ問題がある気がする。

とはいえ、エッチなことをするなら、教会はいつ人が来るかわからない場所だ。

ルーシャの居住スペースにはもちろん鍵がかかるが、教会そのものは門戸が開きっぱなしなのだ。

それなら、俺の家なら周囲にほかの建物もないから、いろいろと恋人同士にとっては都合がいい環境だとも言える。

必然的に、ルーシャが俺の家に来ることが多くなってしまうのだ。

そんななか、今日も山菜採りを終えた俺が家に戻ろうとすると、ドアの前に誰かが立っているのが見えた。

まだかなり遠目にではあるが、遮蔽物がないためはっきりと人影が見える。

その人影は、明らかに村人のものではない。

「うーん？　いや、まさか……」

見覚えのあるシルエットだが、彼女がこんなところにいるはずがない。

俺はそう思いながら、その人物へと近づいていく。

そこにいたのは、信じがたいことだが王都にいるはずの――。

「あっ、師匠！」

振り向いて俺の姿を見つけた途端、ティルアはこちらに駆け寄ってきた。

ウサミミっぽいリボンを揺らしながら、こちらに近寄ってくるのは、間違いなく弟子のティルアだった。

「なんでこんなところに……」

彼女は今や、王国の正式な宮廷魔術師だ。

宮廷魔術師は基本的に王都を出ることはない。ましてや王国を遠く離れ、この島へ来ることなんて、職務上ありえないはずだ。

そもそも、俺がここに住んでいることをどうやって調べたのか……。

思わず、ティルアが俺以上の探知魔法や、遠距離通信系の魔術を発展させて、映像も届けられるような術式を作り出したのだろうか？　などと、疑ってしまうほどだった。

「わぁ、久しぶりの師匠ですっ。はすはすっ」

しかし抱きついてきた彼女の感触は紛れもなく本物で、これはもう、疑いの余地もない。

「しかも今日の師匠は、わたしを避けないいんですね。なんだもう、師匠もやっぱりわたしがいなくて寂しかったんじゃないですかぁ。照れ屋さんなんですから♪」

そしてこの、ちょっとうざいくらいのハイテンションも、紛れもなくティルアなのだった。

「ま、まあ、とにかく家の中に入ってくれ。一体どういうことなのか、聞かせてもらうから」

「あんっ、師匠。そんな乱暴にしちゃダメですよぅ」

このままでは、近くに誰かいたら目立ってしまう。

張り付く彼女を強引に引き剥がしながら、俺はとりあえず家に入ることにした。

昔ならともかく、すっかり美少女に成長した今は、あまり強く抱きつかれていると師匠としての立場を忘れそうになるのだ。

「はー、ここが師匠の新居ですか。わたしもまた、師匠のところでお世話になりますねっ」

「いやいや、そのあたり、どういうことなんだ？」

俺はキッチンでお茶を淹れながら、彼女に尋ねる。

「師匠が自分でお茶を淹れている⁉　ど、どうしたんですか一体！」

「あ、そうか」

こんなこと、王都ではしたこともなかったな。ルーシャの影響だ。

もうすっかりこっちでの生活に慣れていた俺は、ティルアの指摘でそれを思い出した。

「俺、こっちでは魔法を使わないことにしてるんだよ。魔術師だってことも隠してる」

「は？　え、どういうことです？」

あっけに取られた表情のティルアに、俺は言った。

「魔術師としてのさまざまなしがらみから離れるために、わざわざこの島に来たんだ。だからもう、これまでのように魔術の研究を本格的にするつもりはない。それに、魔法も表立っては使わないことにしてるんだ。だから、お茶だって自分で淹れるのさ」

むこうにいたときとは、まるで違うスタンスと暮らしだ。

今の俺は、もう大魔道士でも賢者でもない。

それは日々の暮らしもだが、何より俺自身の心構えの問題でもあった。

研究をしない日々にも、慣れきっている。

王都にいた頃は追われるように研究に没頭していたし、それが一番、好きなことでもあった。

少なくとも、様々な勢力争いの中での立ち回りよりも、ずっと集中できた。

だがここに来てから……。

俺は今ののんびりとした暮らしを、とても気に入っている。

チート級の魔力で無双して、貴族になって、魔法の研究をして。

これまで駆け抜けてきた反動で、今は少し疲れているだけなのかも知れない。

だからもしかしたら、また魔法の研究をしたくなる日が来て、研究を始めることもあるだろう。

それならそれでもいいと思う。

だが、とりあえず今の俺には、すぐに研究を始めようという気は起きなかった。

明日もきっと、家庭菜園を軽く世話して、ハイキングがてらに山菜を取りに行くだろう。

今はそんな暮らしが、とても心地よかった。

この時点でもう、魔術師としての俺は死んでいるのかもしれないが。

「そうなんですか……」

俺の話を聞いて、俺の様子を見て、ティルアは考え込むようにうなずいた。

「じゃ、わたしも賢者やめちゃいますねっ。これからはただの美少女になりますっ☆　あっ、でも師匠が魔法使いをやめたら、師匠って呼べなくなる？　んー」

冗談ともつかないことを言いながら、彼女はぐるりと家の中を見渡して続ける。

「前のおうちと違って貴族趣味じゃないのも、わたし的にはポイント高いですっ。あー、師匠と一緒に暮らすのも久々ですね」

「いや、え？　でもお前は宮廷魔術師だろう？　こうして遊びに来るのは別に歓迎するが、ここで暮らすのは無理じゃないか？　そもそも、一緒に暮らすっていう意味もわからないし」

かつて彼女が俺の家で暮らしていたのは、弟子として魔術を学ぶためだ。

修行の利便性とか伝統とか様々な要因で、師匠と弟子が一緒に暮らすのが、魔術師の間では当然なことだったのだ。

「あっ、そんなこと言って、今度こそ私を捨てる気なんですね！　よよよ……ちらっ」

「…………」

うざっ、とさすがに一瞬思ってしまったが。

「うぅ～……ちらちらっ」

それからも、ティルアはわざとらしい泣き真似をしながら、何度もこちらへと視線をよこす。

懐かしくもあるそのうざったさを俺は、少し心地よく感じてしまった。

「まあ、会いに来てくれたのはいいが、実際のところどのくらいいるつもりなんだ？　あまり長くは城を空けられないだろう？」

彼女は、歴とした宮廷魔術師だ。基本的には城内で活動しているはずで、なにか必要がない限りは、貴族たちから腫れ物のような扱いだった俺よりも行動の自由度は低い。

こうして国の外へ来られている時点で、けっこう驚きだ。

と、そこで俺は一つの可能性に思い当たる。

彼女との再会に浮かれていたが、むしろ本来ならば、いちばん初めに気にしなければいけなかったはずのことだ。

「もしかして、俺を連れ戻しにきたのか？」

国を出ることで、貴族ともめたわけでは決してないが、円満に送り出されたわけでもない。

そもそも、平民出の俺を貴族階級にしようとするほど囲い込もうとしていたわけだし。

そんな俺が勝手な行動をとった以上、いつ他の国に流れるかわからないと思われるのも当然だ。

国としてはいまごろ、少なからず危険視しているだろう。

「あー、それはですね。まあ、もちろん最初のころは言われたんですが……。師匠、なにか条件があれば国に戻るとかあります？」

「ないな」

即答する。そもそも、王国から何かを得たいというよりも、むしろ、そういったしがらみから離れたいと思って大陸を出てきたのだ。

「ですよねー。なんでまあ、連れ戻すほうは早々に諦めました。やっ、王国のほうは諦めてないと思いますけど」

「まあ、そうか」

とはいえ、本来なら大陸からこの島に来るのは、やはりそう簡単なことじゃない。

そもそも正式な国交がないから、行き来する船自体がまずないのだ。

「わたしは依頼を受けて、師匠を探してまーすって感じで、しばらくのんびりするつもりです。だから師匠、お家においてくれますか？」

「ああ、それはいいが……のんびりしていて、ほんとうに大丈夫なのか？」

今の俺は、こういう隠居生活を気に入っている。

だがかつての俺や、魔術師として出世したがっていたティルアにとっては、良い生活とはいえないのではないか。

周りが一生懸命に研究している王都では、遊んでいる暇などなかったのだ。

研究は魔術師ごとに個々の問題であり、誰かが失敗すれば自分が成功する、なんてことはない。

だが、常に他の研究の情報も集め、自分の知識もアップデートを重ねていかないと、あっという間に置き去りにされて消えていく。

魔術師に限らず、最前線、トップクラスというのはそういう場所だろう。

「はい。大丈夫です。多分師匠と同じで……」

そう言った彼女は視線を俺からそらして、窓のほうへと向ける。

その先に広がっているのは、綺麗な青空だった。

「研究や上に行くことよりも、大事なものに気づきました。だから、いいんです」

「そうか」

俺はうなずく。

少なくとも隠居している今の俺が、研究に戻れとは言えない。

「だからししょー、弟子との水入らずな『せいかつ』を、いっぱい楽しみましょうね♪」

「ま、そうだな。ゆっくりしていってくれ」

怪しげなニュアンスはスルーして、俺はそう答えた。

「わーい。師匠のデレですっ。この隙を逃さずダーイブッ！　あぶっ」

俺は飛びついてきた彼女をかわし、ベッドへと受け流した。

「はぅー、師匠のベッドはすはすっ……師匠の匂いが……って、師匠？」

がばっとティルアが身体を起こす。その顔は驚きに満ちていた。

すぐに気づくとは……。こいつが普段シーツを嗅いでいるのも、ただのパフォーマンスじゃなかったんだな、と内心ちょっと引きながら彼女の疑問に答える。

「さっきシーツを換えてから、まだ一度も寝そべってないからな」

「そうじゃないですっ！」

しかし彼女は、力いっぱい否定した。

「師匠のベッドから、女性の匂いがしますっ！　それも、エッチな感じの！」

「えぇえ……」

そんなティルアの嗅覚に改めて引いていると、ドアの外に人の気配。

「アルヴィン、いる？」

「女の声っ！」

ティルアがすばやくベッドから降り、ドアへと向かう。

そして勢いよくドアを開けると、そこにいたルーシャと見事に対面したのだった。


それからしばらく。

これといって揉めることもなく、ふたりは並んでお茶を飲んでいた。

「師匠の女なんですね♪」

「その言い方は、どうだろうか」

と、俺が呟いてみても。

「でも、アルヴィンの女っていう言われ方、悪くはないわね」

当のルーシャはあっさりと言う。なんだろうこの状況、というのが俺の正直な心境だ。

ティルアが小姑《こじゅうと》のようにルーシャを品定めした……のも一瞬の話で、すぐにニコニコとしはじめ、今はもう、ふたり揃って談笑に興じている。

俺はふたりの正面に座ってその様子を眺めているのだが、いろいろとツッコミが追いつかないので、諦めてただただ傍観することにしたのだった。

「はー、それにしても、王都ではあれだけ色恋沙汰を避けていた師匠が、隠居先であっさりと若くて綺麗な人といいちゃついてるとか、びっくりですね」

「え？　そうなの？　アルヴィンって都会的だし、いろいろ慣れてるのかと思ってた」

「いやいや、師匠は周りから結婚しろって言われてもずっと、のらりくらりと逃げ回ってたくらいですからね」

「そうなんだ。ね、もっと、向こうにいたときのアルヴィンのことを教えて？」

「いいですよ。じゃあ代わりに、師匠が夜ベッドの上でどんな様子かを……もぎゅっ」

「そんなもの聞いてどうするんだ」

不穏なことを言うティルアの口を塞ぎながら言うと。

「うわっ！」

ティルアは俺の掌を舐め回してきた。

「師匠の味がしますね」

「するか、そんなもん」

「へえ、どういう感じなの？　はむっ」

「うわっ」

今度はルーシャが俺の手を取り、指先を口に含んできた。

彼女の柔らかく湿った舌が、チロチロと俺の指先を舐め回していく。

「れろっ、ちゅっ……ぺろっ……」

「うわっ、なんだかえっちですっ」

「れろ、きゅぽんっ！　ふうん、あんまり味はしないね？」

「まあそうだろうな……」

「ししょー！　わたしもルーシャさんみたいに、えっちな舐め方がしたいです！　さあ、もう一度手をプリーズ！」

「いや、そもそも舐めるの許可してないからな」

無難に手を綺麗にしながら答えると、ティルアは頬を膨らませた。

「むぅ、そんなこと言う師匠は、指じゃないとこを舐めちゃいますよっ」

「アルヴィンは、どこを舐められたいの？」

ルーシャまで乗っかって、そんなふうに訪ねてくる。ふたりでも十分にかしましいな、と思いながら、俺は咎《とが》めるような目をティルアへと向けた。

「そんな目をしてもダメですっ。っていうか、師匠って、ちゃんと女の人に興味あったんですね」

「あん？」

「いや、だってしょー、お見合いはもちろん、普通のパーティーとかも含めていっつも全部逃げてたじゃないですか」

「それはいろいろ思惑があるからだろ。手を出したら最後、チェックメイトな貴族トラップとチキンレースする気はない」

「えー、でもわたしにも全然手を出してこなかったじゃないですかー。わたしなら、丸め込めるのにっ。あんなことやこんなことをしても『指導の一部です』って言えちゃうのにっ！『修行なのに気持ちよくなるなんて、いやらしい娘だな……』みたいなプレイもできたのにっ！」

「いやお前……それは師匠として普通に問題あるだろ……」

俺といるときこそこんな残念娘だが、これでも表向きはしっかりとした魔術師だし、最初は向上心の強い、頑張り屋の女の子だったのだ。

地位のある上位の魔術師を目指して、それまで一度も弟子を持ったことのなかった俺のところへと訪れたのだ。当時の俺はもう貴族の地位を与えられていて、一応落ち着いてはいたが……まだまだ派手な魔法で暴れまわってモンスターを退治しまくる印象が強かった時期だ。

危険な相手なのは覚悟の上で、それでも生まれや教養で不利な自分が上に行くにはそれしかない、と覚悟を持って俺の元を訪れたのがティルアだった。

……今ではなんか、ただのうざ系残念娘だが……。これはさすがに、俺のせいではないと信じたい。多分ちゃんと努力が実って、張り詰めていた部分から素が出てきたのだろう。

きっといいことなんだ、うん。

弟子生活の中盤からは、もうずっと今みたいな感じだったけどな！　シリアスだったのは最初だけかよ！

「もしティルアが弟子入りの頃からそんなノリだったら……」

「師匠も我慢できずに襲っちゃってましたか？　きゃっ」

「いや、普通に追い返してたな」

「ひどいっ。いやまあでも、あの頃の師匠はヤバいくらい尖ってましたからね。ほら師匠、それなら今こそ遠慮なく、わたしに突っ込んでください！　あ、突っ込むのはもちろん、言葉じゃなくて……もごごっ！」

シモネタに走りかけたティルアの口を塞ぐ。

「おっと！」

今度は舐められる前に、口を塞いだ手を逃がす。

ちろりと動いたティルアの舌が少し艶かしく感じられて、俺は小さく首を横にふる。

「それにしても、ちゃんと女性に興味あったのに手を出されなかったんて……よよよ。美少女賢者としての自信が揺らぎますっ。あっ」

そこで何かに気づいたように、ティルアが真顔になる。

「もしかして今、師匠の家に転がり込むのってお邪魔です？　わたし、馬に蹴られちゃう感じですか？」

ティルアがおどおどと聞くと。

「ううん、そんなことないよ。一緒にアルヴィンとイチャイチャしましょう。それに、アルヴィンのこと、いろいろ聞きたいし」

間をあけずに、ルーシャがはっきりとそう答えた。

「よかったですっ」

まあ、この世界では一夫多妻も普通だから、ルーシャの反応自体はおかしくもないのだが、一緒にイチャつくというのはどうなのだろう。

なんだか王都にいたとき以上に、騒がしいことになりそうだ。

でも、あちらと違って誰かの思惑があっての関係ではないし、こんなの騒がしさも悪くはないかな、と思うのだった。

†

そんな賑やかなお茶会を終えて、ルーシャは自分の家へと帰っていった。

しばらくは泊まることになったティルアの部屋も用意し終わり、彼女は今、お風呂に入っているはずだ。俺は自室に引っ込み、くつろいでいる。

ティルアはやはり騒がしいな、と思うものの、その騒がしさは嫌いじゃないし、なんだか懐かしくもあった。

宮廷魔術師になってからは忙しくて会う機会も減っていたので、なおさら昔のようだ。

そんなことを考えていると、部屋のドアがノックされる。

「どうした」

「あ、あの、師匠、いまちょっと時間いいですか？」

「ああ、構わないが」

許可するとすぐに、ティルアが入ってきた。

お風呂上がりの彼女は、緩やかなワンピース型のパジャマ姿だった。

パステル系の可愛らしいパジャマは彼女によく似合っていたが、緩やかな作りでありながら胸のところはしっかり目立っている。

これは服が特別に扇情的なのではなく、ティルアが巨乳だからだろう。

弟子として一緒に暮らしていたときも、たまにはこういう無防備な姿を目にすることもあったが、久々だしやはり目を奪われてしまう。

多少うざったいほど明るいものの、彼女自身はとても魅力的なのだ。

しかし師匠である以上、あくまで弟子として対応する。と、いう建前があのころはあったのだが
……俺のもとを卒業し、宮廷魔術師になった彼女はもう一人前で。

加えて言えば、この村の俺は、王国の貴族や大魔導師などではないただの村人だ。

俺の気持ちを押し止めていたしがらみはすでになく、今はただの男女なのだった。

「師匠？　隣、失礼しますね」

そう言って、彼女は俺の隣、ベッドの上へと腰掛けた。

風呂上がりの、石鹸の香りが漂ってくる。

昔にもこういうことはあったはずだが、すでに師弟という関係ではないせいか、なんだか落ち着かない。彼女はそのまま、俺に体を預けてきた。

いつものわざとらしい抱きつき方とは違い、その自然な動作に反応できないまま、彼女の体温を感じる。

「ね、師匠……」

ティルアは俺に頭を預けたまま、小さく尋ねてくる。

「わたしのこと、どう思ってますか……」

そう言いながら、ティルアの手が俺の太腿を撫でる。

それは誘うような手付きというよりも、自分の不安を紛らわすかのような動きだった。

「どうって……」

この質問が「弟子として」なんてものじゃないのは、わかりきっている。

だから俺はティルアへと視線を向けながら、素直に答えることにした。

「魅力的だと思うよ」

「えへへ……」

ティルアが嬉しそうに微笑んだ。

その笑顔は普段とのギャップもあって、なんだかとても女の子らしい。

「んっ……」

軽く目を閉じてきた彼女に、キスをする。

「はぅ……」

ティルアは幸せそうに顔を緩ませながら、再び俺に尋ねた。

「でも、わたしに魅力を感じてくれてるなら、どうして手を出さなかったんですか？　わたし、とっても隙だらけだったと思うんですけど」

「弟子に手は出さないだろ、普通」

彼女は反論せずに、ジト目をこちらへと向けてきた。

「それにほら、ティルアは確かに誘ってるようでもあったけど、ふざけてるときは別として、こんなふうに直接好意を向けられたことはなかったし」

などとヘタレたことを言うと、彼女はますます、むぅっと頬を膨らませた。

「当たり前じゃないですかっ……その、恥ずかしいですし。それに師匠だって……師匠がもうっちょっとデレデレ鼻の下を伸ばしてくれれば、わたしもストレートにいきましたよ。ちゅっ♥」

彼女は自分からもキスすると、至近距離で俺を見つめてくる。

「こんなふうに」

そして、いたずらっぽい笑みを浮かべながら続けた。

「でも、確かに師匠はそういうタイプでしたよね。んっ、わたしからグイグイいくのが合ってる気がします。だから……」

そう言って、ティルアは俺のズボンに手をかける。

そして半勃ちの肉棒を手に包み、そっと取り出した。

「はぅ……これが師匠のおちんちんなんですね。なんだか、変わった形してます」

そう言いながら、くにくにと肉棒を弄り回す。

「わわっ、大きくなってきました。わたしの手、気持ちいいですか？」

「ああ……」

「じゃあもっと、師匠を喜ばせてあげます。ずっと女の子として見てもらえなかった分、師匠のおちんちんにいっぱい、わたしの魅力を知ってもらいます」

ティルアは俺の腰元に移動すると、顔を股間へと近づける。

どことなく幼さが残る顔のそばに勃起竿がある光景は、とても背徳的だ。

「すんすん……師匠の、男の人の匂い……」

彼女は片手で竿を支える。

小さな掌が肉棒を包み込み、淡い刺激を伝えてきた。

「これを……うん。いきますよ。はむっ」

彼女の口が肉棒の先端を咥える。温かな口内に包み込まれ、一気に気持ち良さを感じる。

「れろっ、ちゅっ……」

先端を浅く咥えたまま、舌で肉竿を舐め回してきた。

「れろろっ……ちゅっ、ちゅぅっ」

軽く吸い込みながら、上目遣いに俺のほうを見る。

「うぁ……その顔、すごくエロいな」

「そうれふか？　あむっ、ちゅぱっ！」

浅めに咥えられたままの口淫は、気持ち良さともどかしさの混じった快楽を送り込んできていた。

彼女の小さな口が肉棒を咥えている姿はとてもエロく、このままもっと奥まで押し込みたいくらいだ。

「ちゅくっ、れろっ……んっ、そろそろもうちょっと、あむっ」

「うおっ、あぁ……」

そう思っていると、ティルアのほうから、より深く肉棒を咥えてくれる。

「あむっ、ん、むぐっ……」

深さを調節するためか、唇がぴとぴとと竿にくっついては離れてを繰り返していく。

根元を握って角度を調節しながら、更に更に、深く竿を咥えこんでいった。

「あむっ、ちゅっ、れろっ。ん、れろんっ」

「ティルア、あぁ……」

「師匠、きもちーみたいですね♪」

満足そうなティルアが、そのままフェラを続けていく。

竿の根本を支える手を小刻みに動かしながら、顔のほうも軽く前後させていった。

「じゅぶっ、じゅぼっ……れろっ、ちゅぅっ」

「あぅ、すご……」

「あふっ、師匠の感じてる顔、すごくいいです♥　おちんぽも素直で、れろっ……」

決してスキルがあるわけではないが、一生懸命さの伝わってくるティルアのフェラで、俺は高められていく。

「れろっ、ちゅっ。ちゅぅっ♥　師匠、わたしのお口で、いっぱい気持ちよくなってくださいね♪　れろぉぉっ」

大きく舐め上げられると、快感が背中のほうまで抜けてくる。

「わっ、おちんちん、なんだか更に一回り大きくなった気がします。これって……れろっ、じゅぶっ。イキそうってことですよね」

上目遣いで尋ねてくる彼女は、返事を待たずとも表情で察したようだ。

「あむっ、ちゅぅっれろろっ！　あむっ、ちゅぶっ！」

これまで以上の勢いで、激しいフェラを行う。

荒々しさはあるものの、たくさんの唾液が滑りをよくしている。

「れろろっ！　じゅぶ、びゅぶぶぶっ！　じゅるるるるっ！」

たっぷりの唾液で激しくフェラされ、肉棒ごと吸い尽くされるかのような快楽に、俺は耐えきれずに射精した。

「んうっ！　ん、んんっ♪」

ティルアの可愛らしい頬が、飛び出した精液でぼこんっと膨らむ。

「んぐっ、ん、ちゅぅっ」

「あぁっ、いま吸われのは、んぅっ」

射精中の肉棒を更に吸われ、俺は為す術なく精を放っていく。

ティルアは、吐き出された精子を順調に飲み込んでいった。

ごくっ、と喉が鳴るのが、とてもいやらしい。

今、ティルアが俺の精液を飲んでいるのだということを、如実に伝えてきているのだ。

「あぁ……」

「あふっ、師匠、ごちそう様でした♪　わたしのお口、どうでしたか？」

「ああ、すごくよかった」

そう答えると、彼女は嬉しそうに笑みを浮かべた。

「じゃあ、次は俺の番だな」

俺はティルアをベッドに押し倒すと、腿のあたりを撫で回す。

「あっ、ん、師匠……」

ワンピースのスカート部分を少し上げ、ティルアの白い足を撫で回す。

きめ細やかな肌の、心地いい感触。

指先に触れるスカート生地の柔らかさ。

そして恥じらいと興奮に染まる、彼女の顔。

そのすべてが俺を昂ぶらせて、一度出したくらいでは収まらない。

「あぅ……」

俺はそのまま手を上へと滑らせていく。彼女の内腿が露《あらわ》になり、視線を誘う。

それでも俺の手は止まらず、足の付根のほうまで伸びていった。

「んっ、ぁ……♥」

ティルアが軽く身じろぎをする。

スカートはすでにまくれ、水色の下着が現れた。

下着はすでに一部分が濡れて、濃い青になっている。

「あぅ、師匠……それは、んっ……」

俺はまだ何も言っていないのだが、視線に気づいた彼女が、言い訳のようなものを口にしようとした。

「ここ、色が変わってるな」

それを遮って、変色したクロッチ部分を軽く押す。

「ひゃうんっ！」

すると柔らかな土手の感触が伝わってくるとともに、愛液が染み出してきた。

「んっ、あぅ、師匠の手……んぅっ。あっ……」

軽くいじったあとに手を離すと、ティルアは残念そうな声をあげた。

俺が表情を確認しようとすると、真っ赤になった顔をぷいっとそむける。

その反応を可愛く思いながら、俺はティルアのお腹をなでていく。

「ひうっ、んっ、あぁ……」

性器ほどの刺激はないものの、すでに昂ぶった状態では、そのくすぐったさも気持ちよさになっているのだろう。可愛らしく声をあげている。

そのままどんどんワンピースをめくりあげていき、いよいよ胸へと差し掛かる。

ラフな格好でも存在を主張するおっぱい。

「ノーブラなんだな」

「んっ、寝るときは苦しいですし、んぅ♥」

そっとめくると、遮るもののない双丘が姿を現す。

ハリのある巨乳がぶるんと揺れた。

そのまますぐにでも顔を埋めたくなるような巨乳だが、ひとまず半端になっているパジャマを脱がせてしまう。手を上げて協力してくれるティルアは、すぐに生まれたままの姿になった。

「あぅ……恥ずかしいし、師匠も脱いでください」

「ああ、わかった」

俺はさくっと服を脱ぎ捨てる。

「あわわっ、師匠、大胆ですっ……」

「今更だろ……」

俺の全裸に驚いた様子を見せたティルアだが、すでに先程フェラで大事なところはバッチリ見られているのだ。

いや、見られるどころか、味わわれている。

今更上半身を脱いだところで、俺としてはどうってこともない。

だが……。

こんなにも良いおっぱいを持つティルアの上半身には、価値がある。

俺は全裸になった彼女の、その魅力的な双丘へと手を伸ばす。

「あんっ♥」

丸みを帯びた巨乳が俺の指を受け入れる。

ハリのあるおっぱいは揉み応えがあり、俺の手は自然にもみもみと動いていた。

「んっ、あっ……師匠の手つき、すっごいエッチで……んっ、あぁ……♥」

俺はティルアに覆いかぶさり、そのおっぱいを堪能していく。

「んはぁっ♥　あっ♥　んぅ……師匠、そんなにいじられたら、んぅっ……」

「乳首も触られたくなっちゃう、かな？」

「ひゃうんっ♥」

豊かな丘の頂点でぴんと立っていた乳首をつまみ上げると、彼女の身体がびくんと跳ねた。

指先でくりくりと乳首を弄り回しつつ、反応を見守る。

「んはぁっ♥　あっ、乳首、そんなにくりくりしながら見られたら、んっ♥　恥ずかしい、ですっ、んあぁっ！」

わずかに顔をそむけるようにしながらも、ティルアは横目でしっかりと、俺に見られているのを確認している。

恥ずかしいのは本当なのだろうが、その羞恥心が気持ち良さにつながっているのだろう。

「あぅっ……♥　ん、あぁ……」

そんな彼女は、おっぱいと乳首を弄り回されながら、もぞもぞと腰や足を動かしている。刺激が上半身に集中して高められている反面、性器のほうは刺激が足りずにもどかしいのかもしれない。

「どうしたんだ、ティルア」

わざとらしくそう尋ねると、潤んだ瞳で俺を見上げた。

「あぅっ……師匠、いじわるですっ……わたし、もうこんなに、んっ♥　あぅ……」

「こんなに、なに？」

尋ねると、その潤んだ目で俺を見つめてから、いつものような、ちょっといたずらっぽい顔つきになった。そして、足をがしっと俺の腰に回して自らのお尻を上げてくる。

「んぁっ♥　あっ、んぅっ♥　上手くいきませんでした」

彼女はおまんこを突きだすようにして、俺に密着してきたのだ。

もうしっとりと濡れている割れ目が、俺の肉棒をなで上げていった。

「そんなんで入るわけないだろ……」

「あぅっ……いきなりおちんちん挿れられたら、ししょーもびっくりすると思ったのに」

ちょっと残念そうに言うティルアは、いつものようでいて、しかし決定的に違うくらい色気がある。女の子というよりも、女の顔をした彼女。

冗談めかしてはいるものの、俺のちんぽが欲しくておまんこを突き出してくるエッチさ。

そんな姿を見せられると、オスとしての本能が理性を押しつぶしていく。

「早く挿れたいなんて、ティルアはえっちだな」

「あぅ♥　だって師匠が……師匠のせいですっ……」

彼女は腰から足を離すと、再びベッドへと身体を沈める。

「ずっと手を出してくれなくて……わたし、あんなに誘ってたのに……」

いつも冗談めかしてはいたものの、彼女なりのアピールだったのだろう。

「なのに、んっ♥　いざ触ってきたら、とってもエッチでっ♥　あんっ♥　わたしの身体を、気持ち良さでぐちゅぐちゅにしちゃって……そんなの、ずるすぎですっ！」

ちょっと拗ねるようなその表情は、発情したメスと女の子のバランスが絶妙で、俺の肉棒にビンビンときた。その欲望に任せて、俺は彼女の腿を掴み、股を開かせる。

「あんっ♥　あっ、師匠、んっ♥」

「ティルア、いくぞ」

「はいっ。師匠のおちんちん、わたしの中にくださいっ」

俺はその処女まんこに、肉棒を宛がう。

「ひうっ♥　あっ、んはぁ♥　師匠のおちんちん、あぁっ……」

ぬるぬるとしたそこを押し開き、肉棒が侵入する。

太いオスの侵入を拒む処女膜に触れると、彼女の身体がぎゅっと固くなる。

「んぁ、あぁぁぁっ♥　あふっ、き、きてるっ、わたしの中っ、んぁぁっ♥」

俺はそのまま腰を押し進めて、膣奥まで貫通させた。

「ひうっ、ぁっ♥　んあぁぁっ！」

膣襞がぎゅむっと肉棒を捉えて蠢いた。

「あふっ……」

狭い膣内は、しかし潤沢な愛液によって思った以上にスムーズに肉棒を受け入れていた。

「んっ……ちゅっ」

肉竿を膣内に埋めながら、キスをする。

唇を触れ合わせながら、胸板に押しつけられるおっぱいを感じる。

「れろっ、ちゅ……んっ♥」

軽く舌を絡めながら、ついでに上半身を揺すって、彼女の乳首を刺激した。

「ん、あっ、あぁっ……♥」

ティルアは甘い声をあげながら、初めてのペニスを受け入れている。

「師匠のおちんちん……わたし、師匠と繋がってるんだ……」

幸せそうに言うティルアに、俺の胸も熱くなってくる。

「あっ、おちんちん、中でびくんってした……」

その思いはストレートにペニスへと伝わり、密着している彼女にも伝わったようだ。

俺はまずゆっくりと、抽送を始める。

ずちゅ、にちゅっ……と腰を動かしながら、下になっているティルアを見る。

普段は幼さを残す顔が、すっかり感じている女の表情で。

ピストンの度に大きなおっぱいが揺れる。

そして膣襞は肉棒にしっかりと密着して、快楽を貪ろうと蠢いていた。

「あふっ、ん、あぁ……」

「ティルア、大丈夫か？」

尋ねると、彼女は顔を赤くしながら頷いた。

「はいっ……師匠と一つになってるの、とても幸せで、んっ……♥」

「うあ……そんな可愛いこと言われるとっ」

「んぁあっ♥　あっあっ、師匠、んぅっ、今の師匠、すごくエッチな顔してますっ」

俺は欲望に突き動かされるように、腰を打ちつけていく。

溢れる愛液が飛び散り、ふたりの間でちゅくちゅくと音を立てる。

「あふっ、師匠がすっごく求めてくれるの、んぁっ♥　伝わってきて、お腹の奥がきゅんきゅんしちゃいますっ♥」

うねる膣襞を擦り上げ、蹂躙していく。

激しくこすれ合う粘膜が、互いの性感を高めていった。

「んあぁーっ♥　あっ、ああっ！　師匠、んはぁ、奥まで、ズンズンきてて……わたし、もう、んはぁ、あああっ！」

「ティルア、うっ、このまま、いくぞ」

「はいっ！　んぁぁっ♥　すご、んぁ、ぁ、んくぅぅっ！　イっちゃう、イクッ、イクイクッ！　んぁぁぁ、ああ♥　んはぁぁぁぁぁあっ！」

絶頂を迎えたティルアの膣内に、俺は射精した。

「あふっ、熱いの、なんかいっぱい出てますっ！　師匠の、あ♥　精液が中につ、んあぁぁ……♥」

どくどくと精液を注ぎ込む最中も、膣襞の熱烈な歓迎に搾り取られていった。

「あふっ……すごいです。こんなの知っちゃったら、わたし……♥」

絶頂の余韻に浸る彼女が、少しぼうっとしながら言った。

俺のほうも激しい射精で、体力を持っていかれている。

「ししょーっ、ぎゅーっ」

思いっきり抱きついてくるティルアと軽くいちゃつきながら、そのままベッドで眠りに落ちるのだった。

†

身体を重ねた翌日、ティルアと一緒に、俺は村の中を歩いていた。

そのうちに、一度は王国に帰る必要があるものの、ティルアはしばらくは俺の家で暮らすことになった。

「えへへ、師匠と一緒に歩けるのって、なんだかとても久しぶりな気がしますっ。それどころか、一緒に旅行してる気分になれてすごくいいですねっ」

上機嫌なティルアはにこにこと笑顔を浮かべながら、俺の隣を歩いている。

「たしかに久しぶりだよなぁ……」

彼女が宮廷魔術師になってからは、一緒にいる機会も減ったし、そもそも俺も彼女も、それなりに注目を浴びる側だった。

様々な影響もあって、あまり気軽に街を出歩けたわけでもない。

「師匠、なんだか前よりも穏やかになりましたね。この村が平和だからでしょうか」

「そうかなぁ……そうかもな」

王都の治安が悪かったわけではないが、やはりどこか忙しない空気に包まれていた。

それに比べて、この村は余裕があるのだ。

かつて自分の力に酔っていた頃の俺しかり、上を目指して弟子入りしてきたティルアしかり、王都には成功したいと思うやつが、自発的なり呼ばれるなりして集まるから、というのもあるだろう。

「おう、アルヴィン、わざわざ遠くからお前を尋ねてくるなんてすごいな」

「近頃は大陸からも、こっちに来やすくなったのかい？」

村を歩いていると、そんなふうに声をかけられる。

王国のある大陸と、この村がある島は基本的に交流がないため、これまではろくな移動手段がなかった。

だからこそ、俺やティルアのような大陸人は珍しがられるのだ。

いや、これまでは、というか実際のところ、今も普通の移動手段はほぼない。自分の船があるような金持ちは来ようと思えば来られるが、一般的に行き来するためのルートがないのだ。

俺やティルアは魔法が使えるから移動ができる、というだけだ。まあ、それを言って目立っても厄介だし、あえて大陸へ行こうという人もいないから、言わないままになっている。

俺たちはそのまま村を出て、山のほうへと向かう。

ちょっとしたハイキングだ。

山を歩き、七合目辺りにある、少し開けた場所を目指している。

「そういえば、ちょっとだけ山ごもりの修行をしたこと、ありましたよね」

「ああ、あれな……雰囲気だけのためにやったやつ」

「はいっ、キャンプみたいで面白かったです」

魔術師も、修行の最初こそどんどん新しい知識や、やり方を吸収して成長していけるが、ある程度まで来ると壁にぶつかることはよくある。

そうなると、急成長できた最初に比べれば、成長がゆるやかになるのは避けられない。

そんな停滞を打ち破るには、結局は同じように鍛錬を重ねていくしかないのだが、やはり成長している実感がないと、同じように頑張り続けるのは難しい。

じりじりと成長を続けていても、自分では変化に気付けなくなっているということもある。

その状態は、とてももどかしい。

そんな心理的な停滞を打ち破るには、ひとまず目先を変えることも重要だ。

ティルアとの山ごもりの修行は、そのために行ったものだった。

「あっそうだ、あのころ師匠が見せてくれた収納魔法も、使えるようになったんですよっ」

ティルアはそう言うと、自分の背後、何もない空間から敷物を取り出す。

「おおっ、それはすごいな。空間系は一流の魔術師でも使えない人が多いのに」

「ししょーの弟子として、頑張りましたっ」

そう言ってティルアが胸を張る。

たゆんっ、と巨乳が揺れてそちらに目を奪われつつも、俺はティルアのことを褒めた。

魔術にはイメージが重要だ。

収納魔法をはじめとした空間魔法は、一般的にイメージがつかみにくく、この世界の人はほとんど使えない。

俺が割と簡単に使えたのは、前世の知識があったからだろう。

この世界の生まれであるティルアが、俺が見せていたからといって、自力で使えるようになったのはすごいことだ。

貴族でもないところから宮廷魔術師に上り詰めたこともそうだし、やはり彼女は才能ある魔術師なのだった。

普段の振る舞いからは、とてもそうは思えないけどな……。

俺たちは敷物を広げると、その上でお弁当を食べることにした。

自然に囲まれた、のんびりとした空間。

「なんだか、すごく穏やかですね」

「ああ。そうだな」

修行にしても、遊びにしても、王国内ではここまで気を抜いて過ごすことはできないだろう。

周りの目ということもあるが、俺たち自身の気持ちもある。

積み重ねてきたものが、どうしても緊張を抱かせるのだ。

それがこっちに来てからはない。

誰も俺を知らない場所での、穏やかな暮らし。

「俺は、ここでの暮らしがすごく気に入ってるよ」

「わかります」

ティルアは静かに頷いた。

「わたしもここへこられてよかったって思います。それに師匠も、なんだか元気ですし」

「ああ。だからこのまま、俺はこっちにいようと思う」

王国へは帰らない。

「そうですか」

ティルアは小さく頷くと、隣に座る俺のほうを見る。

「あー、わたしもやっぱり、こっちのほうがいいです。村の空気もそうですし、こうやって師匠といられるの、すっごく幸せです」

そう言って、俺の肩へともたれかかってきた。

彼女の心地よい重みと体温。

そしてほのかに甘い匂いを感じながら、俺たちはしばらくぼーっと、とりとめのない話をして、のんびりとした時間を過ごしたのだった。

†

みんなと仲良しで村でも人気のルーシャと、明るいティルア。

彼女たちはすぐに仲良くなり、俺を介さずにふたりでいることも増えていた。

最初からそこまで心配はしていなかったが、実際に仲の良い姿を見ると安心するのだった。

会話内容のある程度を、俺の昔話が占めているというのはちょっと気恥ずかしいものだが……まあ、共通の話題ということで仕方ないだろう。

今日は、そんな彼女たちがルーシャの家でお茶会をしているので、俺はひとりでのんびり家で過ごしていた。

以前は、空いた時間も本を読むとか魔法を試すとか、何かしら研究の役に立ちそうなことをしないと落ち着かなかった。

しかし今は、暇な時間は暇な時間として受け入れて、楽しむことができるようになっている。

だから、とっさになにか用事が入ったとしても、問題なく動ける時間的な余裕がある。

大陸にいたころはそれこそ、ずっと先までスケジュールが埋まっていて、そうそう身動きがとれないことも多かった。それに比べれば、なんとも気楽だ。

そんな昔のことを軽く思い出しながら、窓の外を眺める。

この村は人口の割に広く、土地も余っている。この周囲に、他家はない。

夜な夜なエッチな声を上げていても大丈夫なのは、この距離があるからだ。

まあ、全員身内みたいな村のことだ。

俺たちの関係を、ある程度察してるだろうとは思うけどな。

この世界は一夫多妻が普通なので、それについてはとくに問題はない。

特に、ルーシャもティルアも村の外から来ているので、そういった意味でも、身内の反発みたいなものはほとんどなかった。

まあ、美女ふたりに囲まれていることを、うらやましがられはするけどな。

しかしそれも、ドロドロした嫉妬などではなく、もっとさっぱりとしたものだ。

そんなことを考えていると、ティルアたちが帰ってきたようだ。

彼女たちがまっすぐこちらへ向かってくるのが、気配でわかる。

ほどなくて、予想どおりドアがノックされた。

「アルヴィン、いる?」

「ああ、どうした？」

そう返しながらドアを開けると、ふたりが部屋に入ってきた。

「さっきね、ふたりで話してたの」

そう言って、ルーシャが意味ありげな目配せをする。

そしてそのまま、ぐいっと俺に身を寄せた。

「ししょー、えーいっ」

そこへティルアが、いつものように飛び込んでくる。

俺は反射的に身を捻ってそれをかわそうとするが、ルーシャがすでにしがみついているため、自由に身体が動かせない。

むにゅんっと押し当てられた爆乳に気をとられていると、飛び込んできたティルアにベッドへと押し倒される。

俺たちは三人揃って、ベッドに転がった。

大きめのベッドがぎしりと音を立てて軋む。

ふたりの身体が俺に乗っかり、温かさと柔らかさを伝えてきていた。

やはり特徴的なのは、ボリュームのあるおっぱいだ。

「むぎゅーっ。今日はわたしたちふたりで、師匠を気持ち良くしちゃいますねっ」

「これまでそれぞれアルヴィンとしてたけど、一緒にってのはなかったでしょ？」

そう言いながら、彼女たちはぐいぐいと身体を押しつけてくる。

そしてふたりして、俺の衣服を剥ぎ取ってくるのだった。

積極的な彼女たちに身を任せていると、俺はすぐに全裸に剥かれてしまう。

「あんっ、さすがにまだ、大きくなってないのね」

「えへへー。でも、すぐに大きくさせちゃいますよっ」

そう言うと、ふたりは服に手を掛けて、まずは自らの胸を露出させた。

ぶるんっ、と揺れながら姿を現すおっぱい。

服を着ていても谷間が十分見えてしまうティルアの、べろんっと丸出しにされた大きな双丘。

普段の露出が少ないルーシャのほうは、その爆乳だけをはみ出させるようにして、首回りなどは脱がないままだ。

美人神官のおっぱいだけが飛び出ているというのも、裸とはまた違ったエロさがある。

「王都ではこういうのも人気なんでしょ？　アルヴィンも好きそうだし♪」

「わたしたちのおっぱいで、師匠のおちんちんをいっぱい気持ちよくしちゃいますね」

むにゅんっと柔らかな胸が俺へと押しつけられてくる。

「おうっ」

ふたりのおっぱいが、まだ反応していない俺のものを挟み込んだ。

たわわな果実にペニスが埋もれて、見えなくなってしまう。

四方八方をおっぱいに包み込まれると、気持ちよさ以上の幸福感がじんわりと湧き上がってくるようだった。

そして、ルーシャとティルアのおっぱいがお互いに触れ合って、柔らかく形を変えているのもエロい光景だ。

そんなものを見せられて興奮しないはずもなく、俺の肉棒にどんどん血が集まってくる。

おっぱいの中で勃起していく肉棒が、ぐいぐいとその乳肉を押していった。

「あわっ、師匠のおちんちん、おっぱいの中でどんどん大きくなってますっ」

「あんっ♥　アルヴィンのおちんぽ、ぐんぐん元気になってるね♪　むぎゅっ」

「うあっ」

ふにゅにゅっとおっぱいプレスを受けて、思わず声が漏れてしまう。

ふたりの美女によるパイズリ。

その大きなおっぱいで、男の願望が詰まった行為を繰り返される。

俺の興奮は、否応なく高められていくのだった。

「んっ♥　大きくなったおちんちん、ぐいぐいおっぱいをかき分けて出てきちゃった」

「師匠のガチガチおちんぽ♥　ふーっ、ふーっ」

勃起して谷間から突き出た亀頭に、息が吹きかけられる。

熱く滾った先端に、その吐息は心地いい。

また、彼女の唇が肉棒の直ぐ側にあるというのも、俺を興奮させていく。

「師匠はおっぱいが大好きですもんね。わたしたちのおっぱいで、いーっぱい興奮してくださいね。むぎゅぎゅっ♪」

「喜んでもらえてるようでよかった。おちんぽも嬉しそうにお汁を垂らしてるし。ほら、とろとろのお汁が、谷間のところに溜まってきちゃう」

ふたりのパイズリは、肉体的な気持ちよさと精神的な気持ちよさを同時に満たしてくれる。

弾力があり、肉棒をぐいぐいと押し返してくるティルアのおっぱいと、包み込んで圧迫してくるルーシャのおっぱい。

そしてふたりの美女が、嬉しそうに奉仕してくれている光景。

その気持ちよさに、俺の射精欲がぐいぐい上昇する。

睾丸から、精液がせり上がってくるのを感じた。

「師匠のおちんちん、さきっぽが膨らんできましたよ」

「このままおっぱいおまんこで、いっぱいぴゅーぴゅーしてね？　えいえいっ」

「あっ、わたしももっと……ぽよんぽよんっ♪」

射精の気配を感じ取ったふたりが、これまでよりも激しく胸を揺する。

たわわなおっぱいが大きく揺れて、肉棒を擦り上げてきた。

「ん、しょっ。ふぅ、んっ……」

「ふふっ♥　おっぱいの中で、おちんちんビクビクしてるね♪」

「ふたりとも、出るっ」

たわわな果実に包まれ、擦り上げられて、限界を迎える。

暴力的なほどにボリューム感あるふたりのおっぱいに奉仕されて、俺はたらず白旗を吹き上げるのだった。

「あうっ、アルヴィンのザーメン、すっごい勢いで出てる♪」

「あんっ♥　熱いですよ師匠♥」

勢いよく飛び出した精液が、ふたりの顔と胸を白く汚していく。

彼女たちは嬉しそうに精液を浴びながら、さらにむにゅむにゅとおっぱいを押しつけてきた。

押し出されるように精液が漏れ出し、そのおっぱいにぬるぬるとまとわりついていく。

「あぁ……♥　こんなに濃いの出されたら、もっと興奮しちゃう♥」

「あぅ、わたしもです……師匠、次は、ね？」

発情した顔で言うふたりが、身を起こす。

「ああ、次は俺がふたりを気持ちよくする番だな」

エロいふたりを前にして、俺の肉棒は力をみなぎらせたままだった。

一度出したくらいで、この興奮が収まるはずもない。

「あんっ♥」

俺はルーシャを仰向けに寝かせると、その上にティルアを乗せる。

彼女たちはベッドの上で抱き合う形になった。

美女が抱き合う姿というのも、なかなかにエロい。

しかも彼女たちは、先程も体感したとおりおっぱいが大きいため、合わされた乳房同士がむにゅにゅんっとエロくひしゃげている。

そこもとても魅力的だが、俺はあえて足のほうへと周り、後ろからそこを眺める。

ふたりのおまんこが、いやらしい汁を垂らしながらひくついていた。

「アルヴィン？　ん、あぁっ」

美女ふたりのおまんこを特等席で眺める。

それ自体がものすごいことだが、そのふたりが今、俺の肉棒を待ちわびているというのだから男冥利に尽きる。

「んぅっ♥　師匠、ぁっ」

俺はティルアの腰を落とさせる。

濡れたおまんこが寄り添い、ちゅくっと卑猥な音を立てた。

俺は淫らなふたりの土手の間に、ギンギンの肉棒を差し込んでいく。

「あぅうっ」

「アルヴィンの、熱いおちんぽが、あっ♥」

彼女たちの柔らかな恥丘に、俺の肉竿が触れる。

腰を前後に動かすと、ふにっと割れ目を押し広げながらそこを往復していった。

肉棒の上下面を、ふたりのおまんこにそれぞれこすりつける贅沢なプレイだ。

「あうっ、んっ、あぁっ♥」

「師匠、ぅぁ……そこ、んはぁっ！」

ふたりから溢れる愛液で、抽送はスムーズに行える。

少しずつ角度を変えながらこすると、亀頭が彼女たちのクリトリスをかすめた。

俺はそれを狙って、振りながら腰の角度を調整していく。

「ひうっ♥　んはぁ、クリトリス、こすられるとっ、んぁ、ああっ」

「んはぁっ♥　おちんぽで、クリちゃんこすこすされちゃってるぅっ♥」

敏感なそこを擦り上げると、反応した身体がびくんと跳ねて、肉棒が圧迫される。

その圧迫がさらなる快感を呼び込んでくるのだった。

「あふぅっ♥」

「ひゃんっ♥」

どちらかが快感に身を跳ねさせる度に腰が突き出されて、もうひとりへの刺激も強くなる。

間に挟まれている俺も、当然気持ちが良かった。

ずりゅっ、ぷしゅっ、にちゅっ……。

そのままピストンを続け、ふたりのおまんこを擦り上げていく。

「んはぁ、あ、あ、あっ……♥」

「あふぅ、ルーシャの顔、すっごいえっちになってますねっ……」

「んはぁっ♥　ティルアだって、とろけた顔しちゃってる……」

抱き合うふたりは、互いの興奮する姿を間近で見ている。

それがなんだかとてもエロく感じられて、俺の興奮はさらに増していった。

「んあぁぁっ♥　アルヴィン、んはぁっ！」

「あふぅっ、師匠ぉ……そんなにこすったらだめぇ……」

ふたりとも感じてくれているようで、甘い喘ぎ声を上げている。

「んはぁあっ！　あっあっ♥　だめ、いっちゃ、んぅぅ！」

「師匠、んぁ、あっ、ルーシャ、そんなに突き上げてこないでぇ」

「んうぅっ♥　そんなこと言われても、んぁ、あっ」

「んんんっ♥　ぁめっ……あっあっ♥　んぁぁ……」

俺はラストスパートで、彼女たちのおまんこを擦り上げていく！

興奮のまま荒々しく、ダブルおまんこを責め立てていった。

「ひぃぅっ！　んはぁっ。あぁあ、アルヴィン、私、んはぁっ、イクッ、もう、んはぁっ、イクイクッ！」

「師匠、んあぁぁっ！　あっあっ♥　わたしも、あぁっ……イッちゃうっ……ん、はぁ、んっ！　あっ、ふぁっ」

じゅぶじゅぶぐちゅぐちゅと割れ目を擦り上げながら、カリの角度を調節して、淫芽を刺激していった。

膣内を満たせない分、クリへと快感を集めていく。

「んぁあっあ♥　あっ、んはっ、あぅ、もうっ、んぅっ！」

「あふ、んくぅぅっ♥　らめ、あっあっ♥　ん、は、あぁぁっ！」

ふたりの感じている姿を見ながら、俺自身も爆発しそうなほどの快感に包まれる。

「「イックゥゥウウゥゥッ!!」」

同時に声を上げて、激しく身体を震わせた。

ふたりのおまんこ、そしてお腹にむぎゅっと圧迫されながら、俺も精を放った。

「あふぅっ！　熱いの、お腹にいっぱい出てる」

「師匠のザーメン、ビチビチって飛び出てるぅっ♥」

肉棒はふたりの体に挟み込まれたまま、精を搾り取られていった。

精液がお腹へと飛び、彼女たちを汚していく。

「あふぅ♥　アルヴィンの精液で、どろどろになっちゃった」

「師匠のえっちな匂いが、すごいですっ……」

うっとりと言うふたりから肉棒を引き抜き、俺は体を起こした。

彼女たちは荒い息を吐いて、身体を上下に動かしている。

そのエロい光景に、俺はしばらく見とれていた。

「三人でするのって、すごいね」

ルーシャがそう言うと、ティルアもうなずく。

「はい。すっごくえっちな感じで興奮します」

お互いに満足してくれたようで、俺も安心だ。

しかし、ふたりがあまりにエロくて興奮しすぎたせいか、体力がごっそりともっていかれている。

身体を綺麗にすると、彼女たちは俺を真ん中にして、左右からくっついてきた。

「こうやって並んで寝るのも、なんだかいいね」

「ちょっと油断すると、すぐ興奮しちゃいそうですけどね♪」

ふたりとも裸のまま、ぴとりと肌をくっつけてくる。

そのすべすべで温かな体に左右から密着されていると、性欲から解き放たれている今はとくに、安心感が広がってくる。

「興奮しちゃったら、またすればいいじゃない？」

「そのとおりですね。ししょー、ぎゅーっ」

ふたりにぎゅっとくっつかれながら、なんだかとても満たされた気分で俺は意識を手放していくのだった。

†

「久しぶりに、師匠の魔法が見たいです」

ティルアにそう言われて、俺たちは山奥へと向かった。

彼女が言う「魔法が見たい」というのは、訓練がしたいという意味だろう。

俺がなまっているかを確認するというよりは、昔を懐かしんでいるような感じだった。

そう言われると俺もティルアと修行していたときのことを懐かしく思い出したので、こうして村から離れた山奥へと向かっているのだった。

スペースがあるとはいえ、村の中で魔法を使っては目立つし、森の浅いところでも人が来るかもしれないからな。

ここまで奥のほうならば、村人もめったに入ってこない。

狩りで出入りする場所と比べても、モンスターの出現確率が圧倒的に高いので、みんな近寄らないようにしているのだ。

しかし、俺とティルアならモンスターが出たところでなんの問題もないので、むしろ見られる心配もなく安心できるのだった。

「わ、いい感じの場所ですねっ」

山奥の、少し開けた場所。大きめの滝があり、川が流れている。

「ここなら、ある程度は動けそうだな」

俺たちは軽く準備運動をすると、さっそく魔法を打ち合った。

クマ程度なら一撃で消し飛ばしてしまうような雷撃を魔法障壁で弾き、高温の炎弾を放つ。

それが風の刃《やいば》で切り裂かれたところに追撃をかけると、飛び出してきた岩の防壁が行く手を塞いだ。

村では決して使わないような、攻撃魔法の連発だ。

魔法の打ち合いに伴って体を動かすことと、適度な魔力を放つこと。

久々のそれは、とても気持ちが良かった。

王都で貴族になる前……モンスター相手にチート魔法で暴れまわっていたときよりはさすがに衰

えを感じるものの、まだまだ十分に戦える気がする。

「なんだか、久々で楽しいですね」

ティルアは笑いながらそう言った。

「ああ、けっこう懐かしいな」

ティルアが弟子だった頃は、こうして稽古をつけることもあった。

「しかしそう考えると、ティルアも成長したよなぁ……」

俺のところに来た時点で、彼女はそれなりの魔術師ではあった。

仮にも、貴族の地位にある魔術師に会いに来るくらいだしな。

しかし才能はあったものの、当時の実力はあくまでそれなり。一般的に見ればすごいほうではあるが、王都にはそのくらいの魔術師があちこちから集まってきている。

しかし今ではもう、ティルアは一流の魔術師だ。

それも当然といえば当然で、彼女は宮廷魔術師という、王国でトップクラスの肩書を持っているのだ。

改めて考えてもなんだか感慨深くて、師匠として俺も力が漲《みなぎ》ってくる。

俺たちはしばらくの間、そんなふうに魔法を打ち合ったのだった。

「ふぁ……久々に思いっきり動きました」

そう言いながら、ティルアが草むらに寝そべる。

「ああ、俺もだ。こっちに来てからは魔法を使う機会自体が、なかったしな」

そう言いながら、ティルアの隣へと寝転ぶ。

ちょっと草がちくちくするものの、なんだか心地良い。

滝の音がするのも、癒やし効果があるようだ。

「いやー、やっぱ師匠には勝てないですねー」

そう言いながら、ティルアがゴロゴロとこちらへ転がってくる。

「えいっ」

そして、そのまま俺の上へと乗っかった。

彼女の体温と重みが、身体へとのしかかる。

「えへへー。このまま押さえつけちゃいますね。ぎゅー」

体重をかけて、俺を押さえつけてくるティルア。

確かに身動きが取りづらくはあるが、それよりも、彼女がくっついてきたことのほうに意識が向いてしまう。

「どうですか？　えいえいっ」

修行の続きというよりも、ただのイチャイチャだった。

俺もそれをわかって、彼女の脇に手をあてる。そしてそのまま、持ち上げるのではなく、くすぐり始めた。

「ふあうっ！　や、それだめですっ、反則ですっ」

ティルアはくすぐったそうに身をよじり、俺の手から逃げようとする。

俺はあっさりと解放したのだが、起き上がった彼女は、少し不満そうな表情で俺を見下ろしていた。

「な、なんであっさりやめちゃうんですか！」

「いや、ダメって言ったから……」

「いつもは、ダメって言ってもやめないじゃないですか。だ、ダメって言うのは、もっとしてってことですっ！」

そう言いながら、ティルアは仰向けのままだった俺の、足の間へとしゃがみ込む。

「こっちがまだおとなしいのが原因なのですか？　ここが昂ぶれば……」

「おい、ティルア」

「ふふふー、最近の師匠は、こういうときに逃げないから攻めやすいです」

まあそれは、ティルアの気持ちがわかったからだがな。

前は師弟の、あるいは仲良しとしてのスキンシップの一環だと思っていたから、彼女の抱きつきも避けていたが……。

男女の仲になった今となっては、なにも問題はない。元々彼女は魅力的だったし、今はさらに愛しくなっている。

なんてことを考えているうちに、ティルアは俺のズボンを下ろし、肉棒を取り出していた。女性の手に触られるのは気持ちいいものの、考え事の最中だったこともあり、まだ反応はしていない。

だが、一旦セックスを意識してしまうと、そこに血が集まってくる。

「ふふっ、師匠のおちんちん、私の手の中で大きくなってきてるっ♪」

楽しそうなティルアは、くにくにと肉棒を弄んでいる。

「わっ、ほら、はみ出してきちゃいました。こんなに大きくなって、んっ♥」

勃起した肉棒を、ティルアがしごき上げてくる。

「しこしこっ、しこしこっ。おちんちんって不思議ですよね。わたしの身体には、こんなに大きくなるところはないですし」

ティルアは興味深そうに、肉竿をいじり回してくる。

もうすっかり硬くなったそこを、ティルアはうっとりと眺めた。

俺も下から手を伸ばし、彼女のたわわなおっぱいを触り始める。

「きゃっ♥　ん、師匠の手、大きいですね」

むにゅむにゅと形を変える巨乳を、下から眺めるのもまたいいものだ。

彼女の服をはだけさせて、今度は直接触れる。

しっとりとした肌に、柔らかく沈むおっぱい。

「あぅ……師匠の手つき、とってもエッチで、ずるいですっ♥　んっ、わたしも、すぐに気持ちよくされちゃうっ……」

「ティルアの乳首も立ってるな。ほら。大きさはそこまで変わらなくても、ちゃんと感じてる証拠だな」

「あぅ。そんなに、くりくりしないでくださいっ。だめぇっ……」

「ダメはもっと……だったっけ？」

「あんっ♥　そうですけど、そうじゃないですっ、んはぁっ、あっ、まって師匠っ、このままだと、んっ……ぱんつがぐちょぐちょになっちゃいますっ……」

ティルアは一度腰を上げると、スカートの中に手を入れた。

そしてそのまま、するすると下着を下ろしていく。

女の子が下着を脱ぐところをこうして見上げるのは、なかなかない機会なので、かなり興奮した。

小さく丸まったぱんつは、既にちょっと湿っており、ティルアはそれを隠すように横へとどけてから、俺の上に跨がってきた。

「今日は、わたしが上になりますね♥　師匠のこと、いーっぱい感じさせて、よがらせちゃいますっ♪」

ティルアはそう宣言すると、そそり勃っている俺の肉棒を掴み、腰の位置を調整する。

「あっ♥　は、んっ、おちんちんで擦られるの、気持ちいいっ……」

彼女は俺の肉棒で、割れ目を何度か擦り上げた。

その姿がオナニーを思わせて、なんだかいけないものを見ているような興奮が湧き上がってきてしまう。

「はぁ、ん、はぅ……」

何度かそうしたティルアは位置を定めると、いよいよ腰を下ろしてくる。

その蜜壺が、ゆっくりと俺の肉棒の飲み込んでいった。

ぬぷ、ちゅぷ、つぷぷっ……と肉竿が彼女の中に埋まっていく。

「んはぁ♥　師匠のおちんちん、入ってきたぁ……んっ。まだちょっと、あふっ、大きすぎて狭いかもっ……」

ティルアが言うとおり、膣内はきついくらいに、きゅうきゅうと俺の肉棒をきつく締めつけてくる。

極上のおまんこ締めつけは、俺に強い快感を送り込んできていた。

彼女はゆっくりと、まずは腰を前後に動かし始めた。

「んはぁっ、あ、ふぅ、んっ……これ、こうやって動くと、師匠のおちんちんが、わたしの中をぐいって広げてきてるのがわかって、んぁ♥」

グラインドによって、根元まで肉棒が刺激される。

緩やかに前後へと動く彼女の姿は艶めかしく、目が離せなくなる。

「はふぅ、ん、あぁ……♥」

蜜壺からはどんどん愛液があふれ出し、膣内が肉棒を味わうように震えていた。

「んぁっ♥　挿れてると、わたしのおまんこが、ますます師匠のおちんちんの形になってくみたいっ……♥」

ティルアはうっとりと言いながら、俺のほうを見る。

その顔は蕩けており、もうすっかりとメスの顔になっていた。

それだけでもそそるものがある。その上で、彼女の後ろに見える青空も刺激的だ。目に飛び込んでくる景色は、ここが野外であることを意識させてきて、その非日常感がさらに興奮を煽ってくるのだった。

「んはぁ、あっ、んっ……。師匠、どうしたんですかぁ？」

甘く間延びした声で尋ねるティルアに、俺は笑みを浮かべながら答える。

「外で、こんなにえっちに乱れてるティルアは可愛いな、って思ってさ」

「あぅ……♥」

彼女は恥ずかしそうしながら、それをごまかすように腰を動かした。

きゅんっと締まる膣内が肉棒を責めてくる。

「そんな、そんなの反則ですっ♥　あぅ……可愛いって言うのもずるいし、お外だってわざわざ言うのもずるいですっ、んぁ、あぅっ！」

照れ隠しなのか、勢いよく腰を上下に動かす。

グラインドとは違う、精液を搾り取るピストンの動き。

「うぁ……」

膣襞が快感を貪るように蠢く。

それに加えて、上下運動の度に揺れる巨乳が、視覚的にもこちらを興奮させてきた。

「んはぁ♥　あっ、師匠……師匠のおちんちんっ、なんか、さらに大きくなってませんか？　んぁ、あぁっ！」

ティルアがぎゅと目をつむって、快感に耐えている。

そんな顔をのぞき見ると、背徳的な喜びが俺の胸から腰へと広がっていく。

「ティルア。奥まで感じてくれ」

「んはぁぁぁんっ♥」

ずんっ、と下から腰を突き上げて、彼女の奥を突っつく。

まだ男を受け入れ慣れていないその膣奥は、肉棒を逃がさないようにきゅうきゅうと吸いついてくるようだった。

「んぁっ、あっ、ふ、んっ……おちんぽ、おちんぽすごいですっ！　こんなぁ、ん、あぁ……わたし、おかしくなっちゃいそうですっ♥」

ティルア自身も激しく腰を振り、その巨乳とツインテールを揺らす。

乱れて腰を振る姿は艶めかしく、ティルアの女を強く感じさせた。

「あっあっ♥　らめ、すごいっ……あふぅ、ん、あぁっ！　こんなの、もう、んぁ、イッちゃいそうっ……♥」

淫らに腰を振ると、汗の雫と愛液が飛び散る。

掻き回された蜜壺が、じゅくじゅくと喘ぎ声のような水音を立てる。

「んはぁあっ、あっ、んあぁぁぁっ！　ひう、んぁ、らめ、すごいのきちゃうっ！　イクイクイクイクッイクイクゥゥウウゥッ！」

びくびくんっと身体をのけ反らせながら、ティルアが絶頂した。

突き出されたおっぱいが激しく弾み、膣内は精液を搾り取ろうと収縮する。

その絶頂締めつけの中で、俺は射精した。

「んはぁあぁあっ♥　熱いの、精液、びゅくびゅく出てるぅ♥　わたしの中、んはぁ、あぁ♥　いっぱい出てるぅ……」

射精中にも搾り取るような締めつけを受けて、俺は快感に蕩けていく。

そのまま彼女の膣内に精液を出し切り、完全に脱力した。

「ふぁ、あぁ……♥　師匠、んぁ、あぁ……」

ティルアも恍惚とした表情で、そのままじっとしていた。

だがその間も膣襞は軽くうねっており、気持ちよさを伝えてくる。

じんわりと余韻に浸るようにして、俺たちはしばらく繋がっていた。

「あぅ……お外でするのも、なんだかドキドキしてよかったですね」

少しして落ち着いたティルアが、立ち上がりながらそう言った。

「ああ、そうだな」

無防備な彼女の姿を見ながら、俺も頷く。

繋がっていた場所から、体液が垂れる。

これほど深い森の中なら、人も入ってこない。

またそのうち、ここにくるのも良いかもしれない。

「ただ、やり過ぎないようにしないとな。帰り道もあるし」

「うぅ、そうですね。まだわたしの中、師匠の形になっちゃってる気がします」

服も着直したティルアが、もじもじと腿を擦り合わせている。

表情も赤らんでおり、とてもエロい。

思わずこの場でもう一度襲いたくなってしまうのを、ぐっと堪えた。

家に帰ったら、今度は、起き上がれなくなるくらいまでしよう。

「師匠？」

そんな俺の邪念を感じ取ったのか、ティルアは首を傾げてこちらを見た。

「さ、帰ろうか。あまり遅くなると、日が沈んじゃうしな。歩けそうか？」

「はいっ。師匠っ♪」

ティルアが抱きついてきて、そのまま腕を絡める。

街中ではできないようないちゃついた歩き方だったが、森の中なら恥ずかしくない。

俺たちはそのまま、腕を組んでべたべたとしながら帰ったのだった。

†

「師匠っ、わたし、寂しいです……」

ティルアは悲しそうな顔を作ってそう言った。

ルーシャは曖昧な表情だし、俺はまあ……たぶん無表情だろう。

俺たち三人はリビングに集まっており、ティルアはまとめた荷物を持っている。

その荷物は、なぜか来たときよりもずっと多い。おみやげか？

「また師匠と離ればなれなんて……」

彼女はよよよ……とわざとらしい嘆《なげ》き方をしている。

こんなふざけた残念美少女のティルアだが、これでも正式な宮廷魔術師。名誉職だ。

明確に辞職して去った俺とは違い、ティルアの場合はまだ王国に所属している。

さすがにこのままこちらへ移り住むという訳にいかないので、一度報告のために王都へ戻ることになったのだ。

「うぅ、師匠……」

「いや、退職の話をしてくるだけだろ？」

「あぅ、いくらティルアちゃんが大陸を行き来できるスーパー魔術師でも、時間だけはどうしようもないんですよぅ。どんなに急いでも十日はかかるんですよ!?　その間、師匠と離ればなれじゃないですかぁ」

「これまでだって、もっと離れてただろうが」

「うぅ、師匠が冷たい。釣った魚に餌を与えないタイプですっ」

などと、たった数日離れるだけでわざとらしく嘆いて見せているのだった。

こんなのは茶番なので、ルーシャも微妙な表情で俺たちを眺めている。

「私としては、むしろ十日程度で大陸へ行って戻ってこられることに驚いてるんだけど……」

「まあこんなだけど一応、王国きっての魔術師だからなぁ」

通常は、大陸からこちらへの移動も、こちらから大陸への移動も現実的ではない。

この島と王国には、国交がないからだ。

大陸内で様々な資源を揃えられる王国は、わざわざ海の外へと足を伸ばす理由がなく、結果、侵略もされない代わりに交流そのものがないのだった。

交易船が行き来していないので、本当なら渡りようがない。

さすがに、泳いでどうこうできる距離ではなかった。

俺やティルアは、そのあたりを魔法で強引に突破している形だ。

「真面目な話、さすがに疲れるんですよね」

ティルアは本当に嫌そうな顔で言う。

「まあ、宮廷魔術師が勝手に姿を消すとまずいしな」

もし捜されたとしても、ティルアがここにいることはまずバレないだろうが、このまま姿を消せば、王国内で大きな問題にはなりかねない。

「だからちゃんとお話ししてきますよ。わたしは貴族だった師匠と違って、辞めること自体はスムーズにいくと思いますし」

彼女にはこれといって政治的なしがらみがないので、その辺は本当に大丈夫だろう。

優秀だから引き留めはあるだろうが、こちらへ来る決意が固いので、有利な条件を出されても関係ないし。

「アルヴィンといると、本当にいろいろすごすぎて、びっくりするわね……」

ルーシャが呆れたような、感心したような感じで呟く。

「師匠はいろいろ規格外ですからね」

うんうん、と自分を棚に上げて頷くティルア。

「さ、サクッと行って帰ってきますからね。ししょーっ、戻ってきたらまた、いっぱいイチャイチャしますからね！」

そう言いながら胸に飛び込んでくるティルアを、しっかり受け止める。

「ああ。気を付けて行ってこいよ」

「はいっ！」

そう言って、ティルアは大陸へと一度戻っていったのだった。

第三章　女忍者にはえっちなおしおき

村唯一の教会は建物こそ立派だが、人手が足りない。

というか、神官は今、ルーシャひとりだけだ。

教会は町によっては、信者の修行の場や孤児院などを兼ねているため、小さな場所にあっても立派なことが多い。

また、そういう建物にすることで、教団の権威を示している部分もあるのだろう。

それが役に立っている場所も確かにあるのだが……この村の場合、どうやらそうでもないようだった。

広い教会は、月に何度かみんなが集まるとき以外は、だいたいが持て余されている。

治安も穏やかで安定しているからこそ、この村にはひとりしか教会関係者がいないのだった。

教会の教えが行き届いていない地域と違い、布教の必要もないしな。

この村の場合、回復魔法の使い手がひとりいて、年中行事での祝福もしてくれれば十分なのだ。

そんな感じであまり活動していないこの村の教会だけれど、中央からの支援は結構しっかりとしている。

年に一度は視察が来て状況のチェックなどを行うし、物資についてもちゃんと滞りなく運ばれてくる。

大陸のほうでは、一度教会を置いたらあとは放置で、神官に欠員が出たら送り込むくらい……なんて扱いの場所も多々あったと聞くが、この島では違うようだった。

変に拡大しすぎないからこそ、なのかもしれないな。

当然、小さな村を支援することに教会側の金銭的なメリットはないが、そもそもが利益を追う組織ではないしな。

ただ、費用を度外視できる規模には限りがあるだろう。

大陸の教会が金儲けに走りがちなのも、仕方ないことなのかも知れないなと思った。

俺がそんなふうに、急に教会について考えていたのは、届けられる荷物の運び込みを見てほしいと、ルーシャにお願いされたからだ。

教会には、定期的に物資が届く。

それと同時に、何度かに一度、中央から神官が訪れてルーシャと話をするのだ。

だが今回に限って、神官と一緒に荷物を運んでくるのが、教会の人間ではないらしい。

だから一応、こちらできちんと作業員をチェックしておかないといけないらしい。

そんなわけで、ルーシャが中央の神官と話している間、俺が荷物の運び込みを見ていることになったのだった。

荷役スタッフは、若い男女ふたりだ。

彼らは保管場所を確認すると、さっそく荷物を運び始める。

俺が頼まれた仕事は、その様子を監視しておくことだ。

やはり、体力のある人選をしているのだろう。

細身なので服の上からはわかりにくいが、ふたりとも、かなりしっかりと身体を鍛えているようだった。

もしかしたら、普段は冒険者などをしているのかもしれない。それなら、荷物を運ぶのに加え、道中の護衛にもなるしな。

このあたりはモンスターもあまり出ず平和だが、そんな地域ばかりではない。輸送を冒険者に頼むのは合理的なのかもしれない。

とはいえ細身だし、ふたりとも戦士タイプではなさそうだ。シーフとかの軽戦士型に見える。

そんな彼らも、荷物を運び込みながら、こちらへと注意を払っているようだった。

俺は教会の人間ではないから、気になるのもわかる。

だがその警戒の仕方は妙に手慣れていた。ド素人のようなバレバレな警戒ではない。極力相手に気づかせないようにして、俺を逆に監視している。

ということは、やはり冒険者だということなのか。

とはいえ、彼らのほうもこれといって何かを仕掛けてくることはなく、そのまま荷物を運び続けるだけだった。

「なあ、君たち」

荷物を運び終えたものの、神官とルーシャのほうはまだ話し中。

俺たちは互いに時間を持て余していたので、ちょっと声をかけてみた。

「はい、どうしましたか？」

女性のほうが先に答え、男性もこちらへと向き直る。

ふむ、とはいえ、警戒度を上げたようだな。ここは率直に聞いてみるか。

「ふたりとも、普段は何をしてるんだ？　神官見習いってわけでもなさそうだし、冒険者？」

「えっ、なんでそう思ったんだい？」

男性のほうが、不思議そうな雰囲気を作ってそう答えた。あくまで「作って」だ。

その裏ではさらに警戒心を引き上げたのがわかる。俺も一応、かつては冒険者として暴れまわっていたから、それを読み取ることができた。

俺は肩をすくめながら質問に答える。

「鍛え方かな。神官とは立ち姿から違う」

回復魔法が使える神官は魔法使いタイプだし、そうでない神官もほとんどが文官よりだ。

マッチョじゃないとはいえ、戦闘ができるタイプというのは珍しい。彼らは体幹もしっかりしており、それだけでも普通の神官見習いたちとは違った。俺も含めて魔法使いや文官は、不摂生な生活習慣もあって筋肉が少なく、まずだいたいは姿勢が悪い。

「なるほど。すごいな。たしかにその通り。おれたちは、雇われた冒険者だ」

そう認めながらも、ふたりはまだ警戒しているようだった。

ぼーっとしているだけのように見えた俺に、素性があっさりバレたからだろう。

思った以上だった相手を注意している。

しかし冒険者だとわかったかわといって、それ自体はどうってこともないはずなのに、ただの冒険者にしては警戒しすぎだ。これでは、なにかある、と言っているようなものである。

いや、向こうはまだ、俺に対する敵意まではバレていないつもりなんだろうけど。

一応、運び込まれた荷物は、怪しくないかを魔法でスキャンしていたので、彼らがまだ何もしていないのもわかってはいる。

とりあえず今のところは、だが。彼らの俺への警戒の意図はわからないが、万が一にも、ルーシャに手を出そうとするならその前に対処する。

そのまま軽い会話を続けたが、今のはところは害する意思もなさそうなので、様子見だろうか。

本当に、ただ警戒心が強いだけの冒険者って可能性もあるしな。

†

荷物の運び込みと話し合いが終わり、中央の神官たちは帰っていった。

そのあとで俺はルーシャに呼ばれ、教会の奥でお茶をもらう。

「今日はありがとうね」

「いや、いいよ。頼られるのも、嬉しかったし」

彼女の淹れてくれた紅茶を飲みながら、そう話す。

ハーブの爽やかな香りが鼻に抜けてくる。

そうしてひとしきり紅茶を楽しむと、彼女が熱っぽい目で俺を見つめた。

「ね、アルヴィン、時間、あるでしょ？」

「ああ」

意味深に訪ねてきた彼女に、俺はうなずく。

俺の返答に、彼女は嬉しそうな顔をすると、寝室へと向かおうとした。

だけどそれより早く、俺はルーシャを抱きしめる。

「あんっ♥」

正面から抱くと、彼女のおっぱいがむぎゅっとあたる。

そこから手を下におろして、服に包まれたお尻を撫で回した。

「もう、ベッドに行く前からそんなに触られたら、んっ♥　私のほうもえっちな気分になっちゃうでしょ」

もう十分にえっちな顔をしながらも、ルーシャが言う。

「アルヴィンの硬いのも、私のお腹に当たってるし」

そう言いながら、彼女の手は俺の股間へと忍び込み、剛直をにぎにぎと弄んだ。

「はぁ♥　おちんちん、大きくなってるね。ズボンの中じゃ苦しそう」

彼女は焦らすように、俺の肉棒をこすってくる。

「このままこすって、ベッドに行く前におもらしさせちゃう？　着替えはないけど、そのまま泊まっていってもいいし、きゃっ、あっ、もうっ♥」

俺は彼女の服に手を伸ばす。胸元に手をかけると、ぽよんっ！　と服の拘束から解き放たれた爆乳が揺れた。

ルーシャは恥じらいを見せるものの、本格的に逃げようとはしない。

「アルヴィンってば、我慢できなくなっちゃったの？」

どことなく弾んだ声で言う彼女は、きゅっと肉棒を握った。

「ルーシャ！」

「やんっ♥」

そんな彼女を、俺はそのまま机へと押し倒す。

「あぅ……こんなところで、んっ♥」

すぐそばのステンドグラスから光が差し込み、おっぱいを出した彼女を照らす。

服自体は脱がずに、おっぱいだけが露出しているのがかえっていやらしい。

そんなルーシャが、発情を浮かべた顔で俺を見つめている。

我慢できるはずなどなく、俺は彼女に覆いかぶさった。

まずは両手で、不自然に飛び出したおっぱいを揉みしだいていく。

柔らかく指が沈み込む、極上の爆乳。それを思うままにこね回していった。

「あぅ、もうっ……こんなところでするなんて……窓も近いのに……」

「ただの窓じゃないし、外からは見えないだろ」

「んぅっ♥　そうだけど、影で何をしてるかは、あんっ、んぅ。わかっちゃうでしょ、んぁ、あふぅっ♥」

「外に面してるならともかく、教会の中庭だしな」

一応、侵入できない場所ではないが、そうそう入ってくる者もいないだろう。それでもやはり、彼女のはしたない姿を他の人に見せるつもりはなかった。

「乳首、立ってきたな」

「んぁ♥　もう、そんなにコリコリしたら、あっ」

勃起乳首を指で挟んでいじりながら、乳房の柔らかさを堪能する。

ルーシャはもじもじと、腿をすり合わせるように動かした。

「アルヴィン、んぅっ♥」

俺は下着越しに、潤んだ割れ目をなで上げる。

すでに湿り気を帯びたそこに触れながら、頂点で膨らむ陰芽を軽く押した。

「んはぁっ♥　あっ、んふぅっ！」

机の上で身体を反応させるルーシャは、とてもエロい。

ステンドグラス越しの光が彼女を照らしているのも、普段とは違う非日常感を与えてくる。

教会でしているというシチュエーションは、いいスパイスだった。

スリットの深い神官服の中から、下着を抜き取っていく。

「んぅっ♥」

クロッチの部分から、糸が引くのが見えた。

下着を完全に脱がせ、彼女の足を広げさせる。

はだけた神官服は容易に、彼女の大切なところを晒してしまった。

「あぅ……なんだか、すごく恥ずかしい感じがする……」

行為自体は何度もしているが、場所が場所だ。

俺が立ったままで、彼女は机の上に寝そべっているというのもあるだろう。

俺はすっかり潤っている彼女の割れ目に、肉棒を宛がう。

「ん、ぅ♥」

そのままゆっくりと腰を押し進めていった。

彼女の蜜壺が、俺の肉棒を飲み込んでいく。すっかり慣れた膣内が、すかさず絡みついてきた。

ルーシャもそれを感じたようで、顔を隠しながら言う。

「はぅ……私の中、アルヴィンの形にされちゃってる」

その言葉は、オスの本能を昂ぶらせていく。

美女に自分の肉棒を覚えてもらう悦び。

女性の部分に、自らの男性を刻みつける興奮。

蠢動する膣襞に包まれながら、俺は抽送を開始した。

ぬぷ、じゅぶっと膣襞をかきわけて進み、引き抜くときに擦れあう。

「あふっ♥　ん、あぁっ……！」

差し込む明かりに照らされた彼女が、甘い声を上げる。

ステンドグラスはここが教会であることを強く意識させ、更にルーシャが神官服であることから、とても背徳的な喜びが湧き上がってくるのだった。

「あふっ、んっ……いつもより、んっ、おちんちん太くなってない？」

「成長してるのかもな」

思いつきで口にしてみたが、ここ最近の行為を考えるとその可能性もゼロとは言い切れなさそうだった。一度出してから再び元気になるまでも、早くなっている気がするし。

「んぁっ♥　あふぅっ、中、んぁ♥　奥まで、きてるっ……♥　んあぁぁぁっ！」

降りてきた子宮口を、肉棒の先端がくりっと刺激する。

その瞬間、ルーシャがひときわ高い声を上げ、膣道がぎゅっと締まる。

「うお……」

「ひうぅぅっ！　あっ、んぁ、あああっ♥」

その快感から逃れるように腰を引くと、粘膜の擦れ合いが激しい刺激を呼び起こした。

そこでルーシャが軽くイッたようで、身体を跳ねさせる。

俺のほうは腰に力を入れて耐えながら、再び深く突き入れた。

「んぁ♥　あっ、ふぅ、んっ♥」

ぬるりと奥へ入っていき、そこで軽く腰を動かす。

「ひうっ♥　あっあっ♥　んっ、今、奥こすられるとっ♥　んはぁっ♥」

絶頂直後の膣奥を責められて、ルーシャが艶やかな声を漏らす。

その声がますます俺を興奮させ、そのままラストスパートへと向かった。

「んはぁっ！　あっあっ、んくぅっ！　ふぁ♥　あ、あああっ！」

激しいピストンに彼女の身体が弾み、おっぱいもぶるぶると震える。

はしたない水音と肉のぶつかり合う音が、接合部から溢れる。

「あぅっ♥　イクッ、アルヴィン、んぁ、ああっ！　おちんちん、太くなってるっ……きてつ、そのまま、んぁあっ！」

ビュククッ！　ビュルルルルッ！

「んはぁぁぁぁっ♥　イクッ！　中出しザーメン、ビュクビュクでイクゥッ！　んぁ、あぁぁぁぁぁぁっ♥」

俺の射精を受けて、ルーシャが再び絶頂した。

チカチカと視界がスパークするくらいの気持ちよさで、俺は膣内に精を放っていく。

「あふ……精液、いっぱい出されてイッちゃった……♥」

うっとりと言うルーシャから、肉棒をずるりと引き抜く。

「んぅ……」

机の上に寝たままのルーシャが、こちらを見つめてくる。俺もまた、彼女を見つめ返した。

そのまま身体へと視線を下ろすと、ステンドグラスの光にキラキラと照らされた裸体は、なまめかしさと荘厳さを備えているようにさえ感じられる。

「アルヴィンのそこ、まだ大きいままだね」

ルーシャの視線は、勃起したままの肉棒へと向いていた。

「バッキバキのおちんぽ、綺麗にしてあげるね♪」

そう言った彼女は机から降りると、俺の横へと回った。

俺も動いて、彼女と向かい合う。

「私を気持ちよくしてくれたおちんちん……かわいがってあげるからね。ちゅっ♥」

ルーシャはかがみ込むと、亀頭に優しくキスをした。

それだけで、肉棒が期待に跳ねる。

「ふふっ……ぴくんってした。可愛い♥」

ルーシャは肉棒の根元を軽く掴むと、口を大きく開ける。

「あむっ……れろっ……ちゅっ」

「うお……ルーシャ……」

先程イッたばかりの肉棒が温かな口内に包み込まれ、なめ回される。

「れろっ、ちゅっ……精液の味、するね。れろろっ……」

ステンドグラスから入り込むきらびやかな光に照らされた彼女が、ちんぽをしゃぶっている。

先程も思ったが、この場所の荘厳さはエロさをとても引き立てる。

神聖な存在を、性欲で穢していく背徳感。

それらがスパイスとなって、欲望をかき立てていく。

「あむっ、ちゅっ、れろっ……ここでこういうことするの……いけないことしてるみたいで、興奮するよね」

同じふうに思ったのか、ルーシャがそう口にした。

光に照らされている彼女は、羞恥と興奮に顔を赤くしながら、肉棒をしゃぶっている。

「れろっ、はむっ、ちゅぅっ。じゅるっ……アルヴィンのさきっぽから、新しいお汁が出始めたね。ちゅぅっ」

「うぁ、ルーシャ……」

先走りを舐めとられ、吸い上げられて、俺は小さく声を漏らした。

その反応に気をよくした彼女が、さらにフェラを続けていく。

「ちゅっ……れろっ、あむっ……しょっぱい我慢汁がどんどん出てきてる♪　アルヴィンのおちんちん、気持ちよくなってるんだね」

「ああ……」

「んっ♥」

俺は彼女の頭を優しく撫でる。さらさらの髪の毛が、光を受けて輝いていた。

膝を折っている姿は祈りにも見えて尊くもあり、それでいて、ちんぽをしゃぶって淫猥な顔つきになっている。

「じゅるっ！　じゅぶっ、れろろっ」

彼女の口内でとろかされた肉棒が、発射の準備を始める。

「ルーシャ、そろそろ」

「じゅるっ……っん。このまま、お口で受け止めるから。れろおっ」

「うぁ、ああっ」

激しくなった彼女の口淫に、俺は腰を引きそうになる。ルーシャがぐっと俺の腰を引き寄せて突き出させると、そのまま肉棒をはげしくしゃぶり尽くしていった。

「じゅぼぼっ！　じゅぶっ、じゅるるっ！」

顔を前後させて、ピストンの動きで絞りにきている。

更にバキュームされ、タマのほうから直接吸い出されそうだった。

「うぁ、もう、出るっ」

「じゅぶぶうっ！　れろろ、しゅるっ、じゅぞぞぞっ！」

激しいバキュームフェラの快感を受けて、俺はガクガクと膝と腰を揺らしながら、勢いよく精を放った。

「んうっ、じゅるっ、じゅぶっ！」

飛び出た精液で彼女の頬が膨らむ。

どくどくと放たれた精液はすべて、彼女の口内へと吸い込まれていった。

「んくっ、んぐっ、ごっくん♪」

ルーシャが喉を鳴らしながら、精液を飲み込んでいく。

「ふぁ……ふふっ、ごちそうさま♪」

肉棒から口を離した彼女は、そう言って微笑んだ。

その笑顔はとても綺麗でいて、とても淫猥だ。

俺は脱力しながら、そんな彼女をずっと眺めていたのだった。

†

教会での荷物の運び込みを手伝ってから、しばらく後。

この数日間ずっと、誰かが俺を探っていた。

俺からある程度の距離をとっているし、直接的な被害もないのでこちらから仕掛けることはないが……おそらく、あのふたり組だろうと思う。

彼らが何者なのか、なんのためにこちらを探っているのか、まるで気にならないといえば嘘になるが、今のところはたいした問題ではないのも事実だ。

しっかりと鍛えているようではあったが、俺の魔術ほど無茶苦茶な力ではない。

いざとなればどうとでもできるため、俺はとりあえず放置しているのだった。

退《しりぞ》けようとすれば当然接触が必要なわけで……できれば何事もなく、去ってもらうのが一番だ。

そう思いながら今日も、俺は山菜採りに出かけるのだった。

俺はいつだって、森のなかではひとりきり。

周囲には誰もいない。

そんな中で、のんきに山菜を採っていく。

仕掛けるにはうってつけ、という状況をわざと作り出してみたが、気配は常にこちらを探ってはいるものの、仕掛けてくる様子はない。

うーん。

やはり好戦的ではないようだ。正直なところ、向こうから襲いかかってきてくれれば、いっそ諦めもついて手っ取り早かったのだが。

相手の目的がわからない以上、動くことが必ずしも得策ではない。

かといって、数日ならともかく、こうもずっとうろちょろされるのも面倒だしな……。

どうしたものか。

かつてならサクッと魔法で片付けるのだが、あまり目立ちたくないしなぁ。

魔法を使えば、このふたりはすぐにどうにでもできる。だが、ふたりからの連絡の途絶えた、彼らを派遣している側に俺が普通でないのが気づかれてしまうだろう。

じゃあいっそ組織ごと壊滅……なんてどんどん大事になっていくごとに、俺が只者ではないということが他にも漏れてしまう。そうなればまた、大陸の頃と似たような状況だ。

多少のリスクは承知の上で、なるべくバレにくく穏便にご退場願う準備でもするかなぁ。

そんなことを考えながら、帰宅するのだった。

「ばばーん！　おかえりなさい、ししょー！　美少女弟子賢者ティルアちゃんが帰ってきましたよ！どーん」

「おかえり。早かったな」

家に帰った途端、出迎えがてら飛び込んできたティルアを、今回も避けずに受け入れてそのまま抱きしめる。

「はうっ。こうやって抱きしめてもらえるの、やっぱり嬉しいですね。はすはすっ！」

ギュッと抱きついて胸元に顔を埋めながら言うティルアをくっつけたまま、俺は玄関からリビングへと移動する。

彼女はコアラのように俺に抱きついており、その暖かさと柔らかさを伝えてきていた。

小柄ながらおっぱいは大きく、むにゅむにゅと俺の身体に押しつけられている。

相変わらず仕草は幼いくせに、えっちな体つきだ。

「これで処理も終わって、わたしと師匠の同棲生活の始まりですね♪　ルーシャもこっちに呼びましょうよ」

「彼女は村の神官として、教会にいないといけないからな」

「むぅ。残念です。三人でえっちに自堕落に、ただれた性活を送りたかったのに……」

「……まあ、別に一緒に暮らさなくてもそういう生活は送れると思うが」

というか、すでに十分している気がする。この前だってふたりと一緒にしたしな。

「そうですね♪　師匠も、ちょっと期待してくれてるみたいですし」

そう言いながら、彼女はお尻を上下させた。

ぷるんとした魅力的なそこで、俺の股間をなでてくる。

動きそのものは単純な上下運動だったが、彼女のお尻に撫でられていることで気持ちよさを感じてしまう。

「あぅ、師匠の硬いの、お尻に当たってます♪　ね、離れていた分、このままいちゃいちゃしましょう？」

「ああ、そうだな」

潤んだ瞳で俺を見るティルアに、そう言ってうなずいた。

そして俺はそのまま、彼女をベッドへと運んでいくのだった。


部屋に入ると、彼女はさっそく俺の服へと手をかけてきた。

ベッドに上がりながら、俺も彼女の服を脱がせていく。

「久々の、師匠の匂いです。はすはすっ」

互いを脱がして裸になったところで、ティルアはすかさず俺の胸元に顔を埋めて、大きく息を吸い込んだ。

彼女はそのまま俺に体重をかけてくる。

逆らわずにベッドへと倒れ込むと、そのままのしかかってきた彼女が俺の身体に顔を埋めながらまさぐってくる。

「はぅ、すぅー、んっ。ししょー、寂しかったです」

「今回はたった数日離れてただけなのに、ティルアはずいぶん甘えん坊になったな」

そんな彼女もかわいらしいと思う。

「んっ。やっと師匠に受け入れてもらえましたからね。これからはずっと、なるべく一緒にいたいですっ」

いつものスキンシップよりもずっとしっとりとした感じで、ティルアは俺に抱きついて甘えてくる。

彼女はしばらく俺の身体を撫で回し、マーキングでもするかのように自分の身体をこすりつけてきた。

あるいは普段の言動を考えるに、自分自身に俺の匂いをつけて、マーキングされたがっていたのかもしれない。

「んっ、こうやって師匠とくっついてるの、とても心地良いです」

ティルアはさわさわと身体をなでながら言った。

彼女の華奢なようでいて柔らかな身体と体温を感じているのは、俺も心地良い。

どこか安心するような気もするし、反対にムラムラと興奮してくる部分もある。

そんなふうにしてくっついていると、ティルアが手を下へと伸ばしてくる。

「くっついてるだけでも幸せですけど、こっちも大好きです♪」

身体をくっつけあって半勃ち状態の肉棒に、ティルアの手が絡みつく。

細い手がしこしこと肉竿を擦り上げると、そこに血が集まってきた。

「師匠のおちんちん、わたしの手の中で大きくなってきてます。この立派なおちんぽ、しゃぶっちやいますね」

そう言って下半身へとずり下がろうとしたティルアを、呼び止める。

「下がらないで、身体を反対向きにしてくれ」

シックスナインの体制になるように言うと、彼女はうなずいた。

「はいっ。……あぅ、でもなんか、この姿勢、恥ずかしいですね」

俺の上で身体の向きを変えたティルアが、そうつぶやく。

目の前では、彼女の無防備なおまんこが揺れてこちらを誘っていた。

「うぅ、師匠、いきますよ。すんすんっ」

彼女が肉棒に近づくよう身体を動かすと、それと一緒にお尻も揺れる。

ティルアがかがみ込むと、こちらに差し出されたおまんこもぐいっと近づいてきた。

これまでのくっつき合いで、彼女のそこも湿り気を帯びている。

「はぅ、師匠の匂いの中で、ここは特に好きです。んっ♥ 濃厚な男の人の匂い♥ とてもえっちで、くらくらしてきちゃいます」

股間に顔を寄せて匂いを嗅いだ彼女の秘部から、じんわりと愛液が染み出してくる。

「師匠、んっ……れろっ」

「うっ……」

彼女はまず、肉竿の先端を軽く舐めた。

身体を寄せ合ってじんわりと盛り上がってからの直接的な刺激。それだけで気持ちよさがはしり、腰が少し浮いてしまう。

「おちんぽ、素直ですね♪　じゃあもっと、れろぉっ♥」

ティルアは舌を伸ばすと、ねっとりと肉棒を舐めてくる。

「れろっ、ぺろっ……れろろっ」

亀頭、鈴口、裏筋と彼女の舌が先端ばかりを這い回り、刺激してくる。

刺激が強いのにどこか焦らされているような感じになって、もっと深いところまで求めるように肉棒が跳ねる。

「はぅ♥　師匠のおちんちん、ぴくぴくしてます。んっ、こんなにえっちな匂いさせて、血管を浮き上がらせて……」

彼女の指先が、肉竿の血管をなぞりあげていく。

淡い刺激がぞくぞくと流れ込んできて、腰のあたりまでむず痒くなってくる。

肉棒を舐めながら自分も興奮したのか、ティルアの割れ目からも蜜が滴ってきた。

俺もそこへと手を伸ばし、割れ目をそっと押し開く。

「あんっ♥」

突然の刺激に声を上げたティルアが、びくんと身体を跳ねさせる。

けれど決して逃げはせず、素直に口を開けたそのおまんこからは愛液がこぼれ落ちた。

それと同時に、濃い女性の匂いが香ってくる。

「ティルアのここ、すごくえっちな匂いがしてるな。すぅー」

ティルアが肉竿にそうしたように、俺も彼女のおまんこに顔を寄せて、そのフェロモンを深く吸い込んだ。

「んぁっ♥　師匠、ダメです、そんな、匂い嗅いじゃ、んは、あぁっ♥」

それを恥ずかしがって逃げようとしたティルアのお尻を、がっしりと掴む。

「ティルアだって、さんざん嗅いでただろ？」

「あぅっ。師匠の匂い、嗅ぐのは好きですけど、んぁっ……嗅がれるのは恥ずかしいですっ。んはあっ、あっ」

「そんな勝手なことを言う悪い子は、おしおきだな」

俺はそう言ってわざとらしく、秘部の匂いを吸い込んでいく。

「あぁっ！　師匠、ん、あうっ」

恥ずかしがるティルアだが、俺ががっしりとお尻を掴んでいるため、逃げられない。

そのお尻をさらに引き寄せて、割れ目を舐め上げる。

「ひゃうんっ！　あっ、んっ、ふぁっ♥」

そのまま割れ目に沿って舌先を動かしてやると、彼女の味が濃くなった。

「んぅっ、あっ、そんなにぺろぺろ、ん、あぁっ……」

舐め続けることで、ますます愛液が溢れてくる。

そのままくすぐるように舐めていると、ティルアの身体が小刻みに震え始める。

「んはぁっ、あっ、師匠、それっ、んっ、気持ちいいけど、もどかしくてっ……もっと思いっきり、んひゃぁぁっ♥」

さらに、とねだる彼女のクリトリスを舌先でぎゅっと押してみる。

その瞬間、ティルアは嬌声を上げながら、腰をこちらへと突き出してきた。

「ひうっ、あっ、それっ、んっクリちゃん、んはぁっ、あっ！　んくぅっ、いいですっ、それっ、んあぁぁっ♥」

ティルアの淫芽をれろれろと舐め回し、時折つついて責めていく。

皮から飛び出した豆を嬲《なぶ》られ、ティルアが快楽に腰をくねらせる。

「あふっ、ん、あぁっ♥」

一度、膣口まで舐め下ろし、またクリトリスへ。

緩急をつけて、その敏感な秘芯を責めていく。

「んはっ♥　あっ、師匠、わたし、もうっ、あぅっ！　そんなに、ぺろぺろされたらぁっ♥　イッちゃいますっ」

ティルアが興奮気味にそう言いながら、イカせてくれとばかりにお尻をこちらへと下ろして押しつけてくる。

「れろっ、じゅるっ……好きなタイミングでイッていいぞ。ぺろろっ」

「あふんっ♥　あっ、んぁっ……」

ぐっと腰を引き寄せて、一気に攻め立てる。

クリトリスに舌先を集中させ、その敏感な芽を責め立てる。

「あふっ、あっ、あぁっ、師匠、イクッ、あっ、もうっ、んっ！　あぅっ、んくっ、あっ、あぁぁぁあぁあぁっ♥」

びくんと身体をのけぞらせ、俺の口をおまんこで塞ぎながらティルアが絶頂した。

愛液がぷしゅっと吹き出してきて、俺の顔に飛び散っていく。

彼女の体液を顔に受けながら、ヒクつくエロいおまんこを眺めた。

「んはぁ♥　あっ、んっ……あっ、師匠っ！　すみません」

脱力して俺の顔に乗ったままのティルアが、慌てて腰を上げる。

「いや、大丈夫だ。ティルアのエロいところも堪能できたしな」

「あぅ……♥」

日頃から積極的ではあるものの、受ける側に回ると以外に弱いティルアが、恥ずかしそうな声を出した。

「んっ、今度は、わたしが師匠を気持ちよくしますね。あむっ」

彼女はペースを取り戻そうと、積極的になって肉棒へとしゃぶりついた。

「あむっ、れろっ……師匠のおちんちんも、もうビンビンで……れろっ。先っぽから我慢汁が出てきてますよ」

「ああ。さっきはさんざん、ティルアのえっちな姿を見せてもらったしな」

「あうっ。ん、れろっ。じゃあ次は、師匠のえっちな姿を見せてもらう番ですね♪　れろっ、ちゅぅっ、ぺろろっ！」

肉棒をしゃぶり、舐め回してくるティルア。

シックスナインの体勢ということで逆さ向きでのフェラは、普段とは刺激される部分が反対になって新鮮だった。

裏筋方面への責めが控えめになるのは、直接的な刺激という意味では少しおとなしめになってしまうのだが、その分、目の前にはおまんこが差し出されている。

俺の肉棒をしゃぶりながらひくつくそこはとてもエロく、視覚のほうはシックスナインならではの興奮をしっかりと与えてくれる。

「あむっ、じゅるっ、れろっ……師匠、おちんちん気持ちいいですか？　れろっ、なにかしてほしいことがあれば、なんでも言ってくださいね」

「ああ。すでに十分気持ちいいよ。でもせっかくなら……ティルアが感じて喘いでるところを見たいかな。れろっ」

「んはぁっ、あっ♥　れろ、んぅっ、あふっ」

俺は舌を、彼女の膣内へと侵入させる。

ねっとりと濃い愛液を溢れ出させるその内側。彼女の膣襞を舌先で擦り上げていく。

「あふっ、んっ、あぁっ♥　れろっ、じゅぶっ」

ティルアは俺の舌に感じながらも、フェラを続けてくれる。

「じゅるっ、れろっ……」

「んふぅ♥　れろっ、ちゅぶっ……」

互いの性器を愛撫し合い、そのまま高め合っていく。

「あむっ、じゅるっ、れろ……」

「んぁっ♥　あっ、師匠、んぅ……れろぉっ、じゅぶっ」

はしたない音をさせながら性器を舐め回し、互いに限界が近いのを感じる。

すぐ目の前にしている大切なところからは、その予兆がはっきりと感じ取れた。

「ティルア、そろそろ」

「はいっ、んっ♥　わたしもまた、んっ……じゅるっ、ぺろっ」

互いにラストスパートをかけ、口淫を激しくしていく！

「じゅぶっ、れろろっ、ちゅぅっ」

「んはぁっ、あっあっ、師匠、あふぅあ、あっあっ♥　んはぁっ♥　じゅるるっ、れろ、じゅぶぶぶぶっ！　ん、んうぅぅぅっ♥」

ティルアは絶頂しながら、俺の肉棒を深く吸い込んでくる。

その快感に溺れ、俺も射精した。

「んぅっ♥　ん、んぁ、ああっ♥」

勢いがよすぎたため、彼女の口からは少し精液がこぼれ落ちてしまった。

それ以外の量をすべて飲み下し、ティルアが身体をゆっくりと起こす。

「あふっ……師匠、こうやってお互いにするのもとても気持ちいいですけど……やっぱり、こっちに欲しいです」

そう言って、ティルアがくぱぁっとおまんこを広げてくる。

俺は下から、それを見上げた。

彼女自身の手によって赤裸々に広げられたそこは、ピンク色の内側まではっきりと見えてしまっている。

二度の絶頂でしっかりと潤い、白っぽい本気汁をたらしている秘部。

膣襞がひくひくと震えていることまでが、はっきりと確認できた。

そのストレートなエロさに、先程射精したばかりにもかかわらず、俺の肉棒はまたガチガチに勃起していた。

「師匠のここも、まだまだ元気みたいですし♥」

「ああ、そうだな」

俺は身を起こすと、反対にティルアを押し倒した。

「あんっ♥」

彼女は抵抗することなく、ベッドへと倒れ込んで俺を見上げる。

その表情はもうすっかりとろけており、期待に満ちていた。

「んぁ、師匠、そんなに広げちゃダメですっ♥　ん、あぅ……」

ぐいっと両足を広げてやると、こちらへとおまんこが突き出される。

いわゆる、まんぐり返し状態だ。

「さっきは自分から見せつけてただろ？」

「そう、ですけどっ、んっ。そうやって広げられると、んぁ、さすがに恥ずかしくて、あぅっ……んぁ、ああっ」

「その恥ずかしさで、興奮してるみたいだな」

大股開きで赤裸々にさらされてしまったその割れ目に、ガチガチの肉棒をこすりつける。

薄く口を開いた溝に肉棒の裏側が擦れて、これだけでも十分に気持ちがいい。

「んはぁあっ♥　あっ、師匠、んっ、そんな、焦らすみたいに、んはぁっ♥」

割れ目に肉竿を挟んで擦り上げながら、角度を変えて敏感なクリトリスを刺激する。

「んはぁっ♥　あっ、だめ、んぅっ！　そんな、そんなふうにされたら、んはぁあっ、あっ、入れられる前に、イッちゃうっ♥」

「ティルアは何回でもイケるから、それでもいいけどなぁ」

「んはぁっ、あぅっ……でも、せっかくなら、師匠のおちんちんをちゃんと中で感じたい、んはぁあっあっ♥」

ティルアが言い切る前に、一気に肉棒を突き入れた。

屈曲位の姿勢で俺の体重を乗せた肉棒が、彼女の奥までを一息に貫いた。

「ひいうぅぅっ♥　あっ、んはぁあっ、あぁぁぁっ！」

唐突な挿入で快楽が爆発し、ティルアは絶頂したようだ。

しかし彼女がイッても、俺の興奮は収まらない。

そのままピストンを開始して、ティルアのおまんこを犯していく！

「ひぁあっ♥　ししょ、ししょぉおっ！　それ、んはぁっ♥　あっ、今、おちんぽずぽずぽはだめぇっ！　あふぅ、ん、あぁっ♥」

じゅぽじゅぽとはしたない音を立てながら、蜜壺をかき回していく。

「あう、ん、あぁっ……♥」

ティルアの膣襞は、ねっとりと絡みつきながら蠢動している。

俺はそのまま勢いよく腰を振って、抽送を繰り返していった。

「んはぁっ、あっ、ああっ♥　りゃめれすっ、んはぁっ、あっ、またイッちゃうっ♥　ししょーのおちんぽに、イかされちゃう♥」

「ティルア、ぐっ……」

嬌声を上げるティルアの膣道を、何度も往復していく。

上からの種付けプレスで、肉棒を深く差し込んでいった。

「んはぁ♥　あっあっ♥　しゅごいのっ、奥まできてますっ♥　んはぁ、あぁっ！　そんなに深いところで、んぁ、あぁぁぁっ！」

睾丸が吊り上がり、射精の準備に入ったのがわかる。

俺は止まることなく、興奮のまま腰を振り続けた。

「ひぐぅっ♥　あっ、んはぁぁっ！　師匠、あふっ、んあぁぁ！　イク、イクイクッ！　んあぁぁあぁぁっ♥」

びゅくくっ、びゅるるるるっ！

「んっはぁっ♥　あっ、あぁぁっ。せーえき、いっぱい出てるぅ♥」

ぐっと腰を押しつけながら、彼女の中で射精した。

飛び出した精液が、彼女の奥にしっかり届いているのがわかる。

そのくらい密着して、精を放ったのだ。

「んっ、あぅっ♥」

肉棒を引き抜くと、ティルアの横に倒れ込む。

「んっ」

彼女はそれに気づくと、ころん、と転がって俺に抱きついてきた。

「師匠のこと、いっぱい感じられました」

「それはよかった」

「これからは、ずっと一緒ですっ」

ぎゅっと抱きつく彼女を撫でながら、俺は眠りに落ちていくのだった。

†

侵入者だ。

夜、何者かがこの家へと侵入してきたようだった。

あの尾行していたやつだろう。

相変わらず殺意などは感じないため、そこまで危機感もない。俺はとりあえず大義名分もできたし、話をしてみるか、とのんびりベッドから身を起こし――侵入者があっさりとティルアに捕まったのを察知した。

「えぇ……早すぎない？」

いや、まあティルアからすれば侵入者を遊ばせておく理由もないしな。

普段のノリからは信じられないが、ティルアは王国の元宮廷魔術師。

その辺の賊やちょっとした冒険者などでは、束になっても敵わないほどの存在だ。

なのでこの結果は、妥当といえば妥当なのだが……。

まあ、俺が正体を隠しているのは言ってあるから、こちらに漏れる情報もないし、ティルアならそうひどいこともしないだろう。

かといって、さすがにまかせきりにして二度寝を決めるわけにもいかないので、俺は慌てることなく、捕まった侵入者が引きずり込まれた部屋へと向かうのだった。

「ティルア、おつか――うおっ」

部屋に入ると、やはり教会で会った女性のほうが床に転がっていた。

これはいい。

彼女は拘束されており、自由に身動きが取れない。

これもいい。

しかしその拘束に使われているのが――触手だった。

どことなくぬめっとした触手が、忍者チックな服の女の子に巻き付いている。

これ、絶対えっちなやつだ！　と俺の心の中で何かが叫んだ。

「んぅ、くっ……こんなにあっさり捕まるなんて。やはりお前たちは只者ではないな!?」

身をよじりながら女忍者が言うが、触手に拘束されながらなので迫力はない。

背が高く、プロポーションがいい感じだ。

腰は細くくびれながらも、胸は大きく存在を主張している。

そんな彼女が触手に拘束されているとなれば……それはもうエロいに決まっていた。

触手緊縛女忍者、という状況はエロ以外にありえない。

「深夜に人の家に来るなんて、非常識ですね。あなたはどこの誰なんですか？」

ティルアが転がった女忍者に問いかける。脅威度が低いこともあって、ティルアにも緊張感はあまりなかった。

まあ、緊張感があったら、わざわざ触手で拘束なんてしないだろう。

「あ、あたしはただの通りすがりの冒険者だ。勝手に家に入ってすまなかった。泊まる場所がなかったのだ……」

「まあ、確かにこの村には宿なんてないが……」

「お、お前たちこそ何者なんだ？　こんな……触手とか……普通じゃない！」

「確かに、触手を呼べるなんて普通じゃないですよね。ふふっ、忍者さん、あなたは一体、どんな家に迷い込んでしまったんでしょうね……ふふふふっ」

「おいティルア」

彼女は悪ノリで遊び始めている。

通りすがりの冒険者なんかじゃないってことは、すぐにわかっているのだろう。

「あなたが本当は誰なのか、何をしに来たのか。しっかり教えてもらいますよ。言わないと……わかりますよね？」

ニヤリと悪い笑みを浮かべてティルアが言った。

触手に縛られたままの女忍者は、その顔を見て怯えを浮かべる。

「あ、あたしはエミリ」

女忍者ことエミリは、それだけを言った。

ティルアが無言で続きを促すと、エミリは恐る恐る言葉を続けた。

「た、ただの冒険者で、んくっ」

「嘘、ですよね？」

触手が小さく蠢き、エミリが声を上げた。

そして、まだ彼女に巻きついていない触手が何本か、うねうねとこれ見よがしに動く。

「わたし、拷問って好きじゃないんですよ。痛いのって、見ているだけでも嫌なので。だから素直に、ね？」

「うっ……」

ティルアの発言に、エミリが小さなうめきを漏らした。

実際のところ、ティルアなら口を割らせるためでもひどい拷問なんてしないだろうと思うので、俺はそのまま見守っている。

シンプルに爪を剥がすとか、痛みを麻痺させて腹を切り開くとか、顔を水に沈めるのを繰り返すとか、ゆっくりとじわじわ身体を締め潰していくとか、そういうことはしないだろう。

しかしそれは俺たちだけにわかることで、捕まっているエミリのほうは、怪しげな魔術師に何をされるか不安なはずだ。

俺たちをなんだと思って調べていたのかはわからないが……。忍び込むぐらいだからそれなりに自信もあっただろうに、侵入した途端即座に捕まり、縛り上げられているのだ。

しかも二対一。美少女のティルアが拘束し質問する一方で、俺はただ見ているだけである。

この、ただ見ているだけ、というのもなかなかにプレッシャーだろう。

男のほうは一体何をしてくるのか、よりひどいことをしてくるに違いない、という不安を煽っているはずだ。

実際はまあ、手を出すまでもないから、触手に拘束されている巨乳女忍者を眺めているだけなのだが。

「あ、あたしは拷問なんかに屈しないぞっ……！」

女忍者は明らかに不安を抱き、若干涙目でティルアを睨みつけた。

明らかに、屈しそうな雰囲気である。

「ふうん」

「ひぃっ」

それを見たティルアが、すごく楽しそうな笑みを浮かべる。その隣で、複数の触手がうねうねと蠢いた。

どう見ても拷問が楽しみなサイコパスの笑顔を浮かべるティルア。

もしくは、マッドサイエンティストといったところか。

「い、言わないぞっ」

動揺しながらそう言うエミリに、ティルアはうなずく。

「さっきも言いましたが、痛そうなのは嫌なので……」

そこで彼女は、ぱちん、と指を鳴らした。

それを合図に、エミリに巻きつく触手がうねうねと蠢き出した。

「気持ちよくなってもらいます♪　してほしいことがあったら、おねだりしてくださいね？」

「んんっ、あっ、ちょっと、んぅっ！」

蠢き出した触手が、エミリの身体を這い回る。

にゅるっとした触手が彼女の服をまくり上げ、白い肌の上をなぞる。

「んふっ、うぅ、ぬるぬるして気持ち悪い……でも、こんな程度じゃ、ひゃうっ！　あっ、や、だめぇっ」

触手は彼女の胸にもまとわりつき、その大きなおっぱいをむぎゅっと絞った。

いやらしく形を変える乳房に、恥ずかしそうなエミリの顔。

エロい。とてもエロい。

触手責めされる巨乳女忍者、素晴らしすぎる。

ティルアはドヤ顔を俺に向けてくるのだが、思わずグッジョブと親指を立ててしまいそうなほどだった。

「あっ、やっ、そっち、そっちはほんとにだめっ！　あっ、んぁ、ぐっ……！」

触手は下半身にも伸び、下着の上から彼女の割れ目をなで上げていた。

ぬめった触手がじゅるじゅると動き、女の子の大切な場所を擦り上げる。

「ひうっ、んっ、あぁ……こんなの、んっ」

エミリはなんとか逃れようと身を捩るが、当然触手は逃がすことなどない。

むぎゅっと乳房を絞り上げると、その谷間に侵入していく。

「んひぃっ！　あっ、おっぱいの間、入ってこないでぇっ……んふっ！　ひんっ、あぁ……やめ、んくぅっ……」

ぬぽぬぽと触手がエミリの谷間を犯していく。

触手による強制パイズリだ。

それ自体がヌメってっているため、潤滑油などなくてもスムーズに谷間を往復していける。

おっぱいの谷間から飛び出る触手が、彼女の顔前でアピールするようにうねる。

「あふっ、あっ、あたしのおっぱいっ……こんな触手に、んはぁ、あ、あぁ……ダメ、ダメなのにっ……！」

エミリの顔がだんだんと緩んできているのがわかる。

拷問に耐えようとしていた悲壮なものから、はしたない感じ顔へと移行していた。

「あたしのおっぱい、変になっちゃってるっ。んぁ、あ、やぁ、んくぅっ！　あっあっ、そこ、ダメだから、んぁっ！」

強制パイズリに気を取られている隙に、下半身を責めていた触手が、クリトリスをいじめ始めていた。

下着越しでも正確に、その陰芽をこすっている。

エミリは触手から与えられる快楽に、体を素直に反応させていた。

強制的に感じさせられている姿は、やたらとエロい。

「んはぁ、あっ、うぅ……こんなの、んぅ……」

「どこに所属していて、なんでここに侵入したか、言う気になりましたか？」

「んー！」

ティルアが尋ねると、エミリはきゅっと唇を引き結び、首を横に振った。

強気にも見えるが、口をしっかり閉じたのは、喘ぎ声を漏らさないためだろう。

その証拠に、彼女の身体は小さく震え、快感に耐えているのが伝わってきた。

「もう仕方ないですね♪　もっと素直になってもらわないと♪」

「ふ、ん、あぁっ……！」

楽しそうなティルアの声とともに触手が蠢き、エミリを責め立てていった。

うねる触手は這い回り、忍装束が着崩れた全身を舐めるように蠢く。

「んぅ、ふっ、んんっ……！」

にちゅ、と彼女の身体からえっちな音がして、快感に負けまいと耐える姿が官能的だった。

「はぁ、あっ、んっ♥」

エミリの顔はもうすっかりとろけ、触手にされるがままになっていた。

「嫌なのに、んぁ♥　あうぅ、こんなの、んっ♥　んんっ！」

敏感なところを触手に撫で回され、胸を好きに使われて。

エミリはそのまま、触手にイカされようとしていた。

「んはぁっ♥　あっ、あっあっ♥　んぅ、ダメ、んうっ！　あたし、んぁ、屈しな、んあぁぁっ♥　やめ、んぁ、あぁっ♥」

エミリは昂ぶり、その快感に身を委ねてしまう。

「あふっ、んぁ、あっあっ♥　もう、んはぁ、あっ、ん、んんっ……！　んっ♥　ふぁ、あぁ♥　ん……ん？」

彼女が絶頂を迎えようかというタイミングで、ぴたりと触手が止まる。

エミリは全身にぎゅっと力を込めた状態で止まり、疑問の声をもらした。

「どうしたんですか？」

そんなエミリに、ティルアが意地悪く問いかけた。

「い、いや……もう終わり、なのか？」

その問いかけに、ティルアはにやにやと笑みを浮かべた。

「もちろん、まだですよ？　それとも、もう素直に言う気になりましたか？」

「いや、あ、あたしは触手なんかには屈しなあぁぁぁ♥」

再び動き出した触手に、エミリがはしたない声をあげる。

完全に嬉しそうなその喘ぎに、ティルアも笑みを浮かべる。

適度なところで止めようかとも思っていたが、今そうするのはかえって酷だろうなぁ、と乱れるエミリを見ていて感じるのだった。

「んぁ、あっ、ふぅ、んっ……♥」

再び触手がぬるりと彼女を責め始め、エミリが身体をくねらせる。

その動きはもう逃げるためではなく、より快感を得ようとするものだった。

「んぅ、あっ、ふぁ、ああっ♥　んぅ、あっあっ、んくっ！　ぬるぬる、んぅ、あぅ……あふ、あ、あぁぁっ♥」

再び彼女が盛り上がり、絶頂しようかというところで触手が止まる。

「あぅ……ぁ？」

「ね、そろそろ話す気になった？」

「うぅ……」

意地悪いに問いかけるティルアをエミリが涙目で見上げる。

「どうかしたの？」

わざとらしく訪ねたティルアに、エミリがぽつりと答える。

「…………ぃ」

「うん？　なんですか？」

「イかせてください……触手で、あたしのこと気持ちよくしてくださいっ！　んはぁっ！　あっあっ♥　すご、んくぅうっ！」

おねだりをした瞬間、これまでよりもずっと激しく触手がうねり、彼女の胸やおまんこを責めていった。

二度、寸止めで焦らされたこともあり、エミリはすぐに顔を緩ませて快楽に飲まれていった。

「んぁっ！　あっあっ♥　あっっ、ふ、んはぁぁっ♥　あう、あ、んっ、くぅ、はぁ、んっ。イクッ、イッちゃうっ！」

責め立てる触手が、ぬるぬるにちゃにちゃと卑猥な音を立てる。

「ひぐっ！　んぁ、イクイクッ、んあぁぁぁぁぁああっ♥」

ビクビクンッと身体を跳ねさせながら、エミリが絶頂した。

しかしそれでも触手は止まらず、彼女を責め続ける。

「んはぁ！　あっ、イッた、もうイッたからぁっ！」

触手はじゅるじゅると女の子の割れ目を撫で回し、クリトリスをくすぐる。

豊満な胸をむぎゅっと絞り、先端をくりくりっと転がして刺激する。

更には脇腹や腿のあたりにも這い回り、淫らなメスを責め続けた。

「んはぁぁ♥　あっ、だめ、だめぇっ！　またイク、んはぁ♥　あくぅ、んっ、イッちゃうからぁぁあっ！」

エミリが何度絶頂しても、触手は止まらない。

「何回でも、イカせてあげますね？」

「んはぁっ♥　あ、イクッ、イクゥゥウウゥゥッ！　んは、あっ♥　もう、ゆるし、んはぁっ♥らめ、感じすぎて、んひぃっ♥」

そのまま執拗な触手責めで、エミリは繰り返し絶頂させられていた。

床はその分泌液で濡れ、寝そべる彼女はびくんと震えている。

途中は、はしたないほど大きく嬌声を上げていた彼女だが、今はもう荒い呼吸のまま、ぐったりとしてしまっている。

いくら気持ちいいとはいえ、さすがにこれ以上は酷だろう。

「ティルア、そのへんにしておけ」

「はーい」

ティルアはあっさりとうなずくと、触手を引っ込めた。

「うぅ……あぅ……」

しかしエミリはもう立ち上がる体力もなく、いろいろな液体でぐちゃぐちゃだった。

さすがに強制連続絶頂は、忍者でもこたえたのだろう。

「あはは、ついつい可愛くてやりすぎちゃいました♪」

ティルアは悪びれもせずそう言いながら、エミリを眺めている。

そしてゆっくりと彼女へと近づいた。

「ひっ……」

しかしそれを見たエミリは短く悲鳴をあげ、這うように俺のほうへと逃げてきた。

どうも触手責めをされすぎて、ティルアと触手を怖い相手、助けてくれた俺を良い人と思っているらしい。

俺はとりあえず、彼女を抱きしめてよしよしと撫でてみた。

「あぅ……」

エミリは少し安心したように、俺に身を預ける。

不運な女忍者エミリが落ち着くまで、俺はしばらくそうしていたのだった。


「それで、どうして侵入を？」

「あ……う……」

少し落ち着いたあとで尋ねてみたが、彼女は言いよどむ。

するとティルアが再び、笑顔で触手をうねらせた。

「ひぃっ！　あ、あたしは中央の諜報だっ。大陸から不自然に現れたという人間を調査してたっ」

「ふむ」

まあおかしくはないかな、と相槌を打つと、エミリはさらに続ける。

よほど、触手責めがきいたらしい。

「大陸から単独で渡航してきたというだけでも要注意だ。その男が、さらにいろんな魔法道具まで持ち込んでいて、あちらとも自由に行き来ができるようだっていうので、調査をしていたんだ。大陸側のどこかから送り込まれた、スパイなんじゃないかって」

「なるほどな」

「ただ……。まあ王国が本気ならスパイなんて送らなくても攻めてくればいいだけだ。国力が違う。アルヴィンも、村人として普通に暮らしてるだけだった、ということで、一緒に調べていた同僚は報告のためにもう戻ったのだが……」

そこでエミリは、ちらりと俺のほうを見た。

「アルヴィンはどうも力を隠している気配がしたし、まだ何かあると思ったんだ。そしたら大陸からもうひとり魔術師が来て……これはいよいよ、なにか起こるなと思って」

「あー、なるほど」

「軽く侵入して警戒しておいて、一度報告に戻ろうとしたら……あっさり、捕まって……うぅ」

「まあ、相手が悪かったよな……」

ティルアは、この島よりはるかに人口が多く文明も進んだ大陸の、トップクラスである宮廷魔術師だ。

「大陸の魔術はやばすぎる……触手、うぅ……あんな魔術が発展するなんて、大陸は怖い。ヘンタイだ……」

そしてエミリの脳内に、間違った大陸像を刻んだのだった。

「うぅ……。つ、捕まったらえっちなことされる、というのは書物で知っていたが……まさかこんな、くっ」

悔しそうに顔を歪めるエミリだが、連続絶頂から時間が経って少し恐怖が落ち着いたせいか、どことなく顔を赤らめているように見える。

うーん、最初もちょっとうれしそうだったし、この娘は意外と……などと思っていると、ティルアがうなずいた。

「ひとまず、理由はわかりました。でも、あなたを逃がすわけにはいきません。そしたらわたしたちのことを報告しちゃうでしょうね。だから……」

「だから……？」

ティルアの言葉にエミリはごくり、とツバを飲み込む。

彼女は捕まったスパイ。その生殺与奪は、ティルアに握られているのだ。

「あなたには、性奴隷になってもらいますっ！　快楽漬けで逃げられなくなってもらいますっ」

「せ、性奴隷っ!?」

エミリの声には驚きと、そして若干の期待や悦びが混じっている気がした。

やっぱり彼女はちょっと……あれかもしれない。

「そうです。えっちなことといっぱいして、気持ちいいことしか考えられなくなってもらいます」

お、おう……という感じで、俺はふたりを眺める。

まあ逃がす訳にはいかないし、かといって消してしまうわけにもいかない。呪いの類《たぐい》で死を課して言動を縛ってもいいが、それよりは性奴隷のほうが良心的……なのかなぁ？

「エミリはどっちがいいですか？　触手に快楽漬けアへ顔忍者にされるのと、師匠の性処理エロ忍者になるの」

背後からうねる触手を出したティルアに、エミリの身体がびくんと反応する。

残念な精神は快楽に惹かれても、身体のほうは先程の連続絶頂を忘れておらず、危険を覚えているらしかった。

「あ、アルヴィン、アルヴィンのご奉仕性奴隷がいいっ！」

そう言って、エミリは俺のほうへと寄ってきた。

「あはっ♪　そうですか。うんうん、そのほうがいいと思います。じゃあまず、ご主人様のおちんぽにちゃんと挨拶してくださいね。エミリのえっちな姿のせいで、師匠のおちんちんは苦しんでるんですから♪」

「は、はいっ。……こ、こういう展開は知ってるっ」

エミリは跪いたまま、俺の正面へとくる。彼女の顔のすぐ正面に、俺の股間があった。

ティルアが言う通とおり、エミリの痴態をまざまざと見せつけられた俺の肉棒は、もうパンパンでズボンを押し上げていた。

「し、失礼します……♥」

エミリは渋々、といった雰囲気を出そうとしつつも、好奇心に満ちた顔で俺の股間へと手を伸ばし、ペニスを取り出した。

「これが男の人の……ふぁ♥」

つん、と指先で突かれる。

「わっ、ぴくって跳ねた。……つんつん」

その反応が面白かったのか、彼女の指先が何度も俺の肉竿をつつく。

もどかしい刺激が送り込まれて、こそばゆい。

「ふぁ……おちんちん、こんなふうに、えいっ」

「おぅ……」

意を決したのか、きゅっと握られる。

先程の連続絶頂もあり、しっとりとしていた掌が肉棒に絡みついてきた。

彼女はにぎにぎと肉竿の形を確かめるように手を動かし、やがてゆっくりとしごき始める。

「熱くて、硬くて……これが中に、ごくっ」

好奇心のまま、エミリは拙い手付きで肉棒を擦り上げていった。

技術そのものは決して優れていないが、不慣れな感じはむしろ背徳感を煽って、俺を興奮させる。

そんな熱心な手コキを受けているとティルアがエミリに何かをささやく。

その内容は聞こえなかったが、エミリは小さくうなずくと、握った肉棒を見つめる。

「これを、れろっ」

そして亀頭をぺろりと舐め上げたのだった。

「思ったほど味はしないんだな……だけど、すっごく、んっ♥」

もじもじと身体を軽く揺らすと、エミリは再び肉棒へと舌を這わせた。

「れろっ、ちゅっ……ぺろ。血管、すごい浮き出てる♥」

先端から裏筋を舐め、そのまま舌先で血管をなぞっていく。

そこから再び先端へと戻っていき、鈴口をチロチロと舐める。

「うぁ……」

「気持ちよさそうな顔してる♥　れろっ……あたしの舌、ちゃんとご奉仕できてる？」

「ああ……いい感じだ」

ペニスに慣れてきたのか、彼女は上手く舐め回し、快感を送り込んでくる。

ぺろぺろと舐めながらの上目遣いは、やはりいいものだ。

「あむっ」

エミリは口を大きく開けると、肉棒を咥え込む。

「もごっ、ん、じゅぽっ」

そしてそのまま、顔を前後に動かし始めた。

熱い口内に咥えこまれて、快感が増していく。

「あふっ、ちゅぶっ、れろっ♥」

エミリはとろけ顔で肉棒をしゃぶり、もごもごと口の中で動かす。

「じゅぶっ、んっっ、大きくて、油断すると喉まで入ってきちゃう♥　んぶっ、ぐっ」

そんなことを言いながらも、彼女はむしろ顔を突き出して、喉のほうまで深く肉棒を飲み込んできた。

「んぶっ、じゅぽぽっ……」

「ぐっ、そろそろ……」

「精液、出るのか？　んぶっ……ちゅぅっ♥　ここから、んっ、あぁ……♥」

顔を前後に動かしながら、肉棒に吸いついてくる。

「んぶっ、ちゅ、ちゅぅぅっ♥　れろ、ちゅぶっ……ふぁ♥」

ストロークもバキュームも激しさを増し、俺を責めたててくる。

精液がせり上がってくるのを感じ、俺は快感に身を委ねた。

「じゅぶぶっ♥　じゅぼっ、じゅぽぽっ！　れろっ、ちゅぅぅっ、じゅるるるっ♥　じゅぞぞぞぞぞっ！」

「うあっ！」

俺はエミリの口内に、精を放った。

勢いよく発射された精液が、彼女の口と喉を犯していく。

「んぐっ、んぁ、あふっ♥」

放たれた精液に、エミリが驚きの表情を浮かべる。

予想以上の量に収まりきらなかったようで、彼女の口からはどろりと真っ白な液体がこぼれ落ちていた。出合ったばかりの女性に精飲させることに、強い興奮を覚える。

「んぅっ!?　んくっ、あひゅっ……♥」

口元からとろりと白濁液を溢れさせながらも、エミリは俺の精液を飲み込んだ。

恍惚とした表情で精液を飲む姿は、とてもエロい。

「うぁ……」

射精した肉棒を引き抜くと、彼女はうっとりとした表情だった。

口からこぼれた精液が、どろりと胸までたれている。

「はぅ……」

触手責めからのフェラでエミリは疲れたのか、そのままころんと横になった。

あとでベッドに運ばないとな。そんなふうに思っていると、ティルアが近づいてくる。

「師匠のここは、まだ元気ですね♪」

肉棒に目を向けながら近よってくる彼女の足元で、触手が蠢く。

「ひゃうっ♥　あんっ、師匠、何するんですか♥」

這い上がる触手に足を絡め取られたティルアが、嬉しそうな声を上げる。

「侵入者を捕まえたご褒美と、悪ノリしすぎたおしおき、どっちがいい？」

どちらだろうとすることは変わらないのだが、俺は一応、尋ねてみる。

「おしおきで♥　んあぁぁっ！」

そう答えたティルアは、今度は自分がうねうねと触手に絡みつかれて、嬉しそうな声を上げたのだった。

†

そんな激しい夜が明けて。

ルーシャも合わせた三人で、念のため縛ったままのエミリの処遇について話していた。

元々、俺は正体を隠しておとなしく暮らしていたいだけだし、この村の人たちは大陸出身だと聞いても、それで納得してくれていた。ここまでは問題ない。

だが、この島の中央はそうもいかなかったようで、こうして偵察を放っていた。

そしてエミリには隠していた力を感じ取られ、侵入されてしまったのだ。

エミリの動きは確かに予想外だったが、直感で気付かれてしまったのは事実。

このまま彼女を消してしまい、俺とは関係なく帰り道にトラブルがあったようにするとか、強力な呪いの魔法で彼女の言動に制限をかけるとか、そういう物騒な方法もなくはない。

相手が私利私欲の悪者ならそれでも仕方ないとは思うけれど、エミリ自身は任務でやっているだけだし、その理由も俺自体が問題なのではなく、大陸からの侵略を恐れてのものだしなぁ。

ちょっと軽率だったくらいで、俺はたいした損害も受けていないのに、そのレベルの処理をするのは抵抗がある。

これがもう、いきなり殺すつもりで切りかかってきているとかなら、軽く刎ねてしまっても気にならなかったんだが……。

「まあ、解放するしかないんじゃないかな……」

俺がそう言うと。

「いえ、それはダメですよ師匠。さすがに何もせず自由に、とはいきません」

すかさずティルアが反対した。

「ああ。あたしも、このまま解放されれば素直に中央に報告するしかない。少なくともティルアの件は伏せようもない」

「いや、君がここで素直にそう言っちゃ、ダメだろ」

ティルアはともかくエミリ自身まで解放に反対するので、思わず呆れてしまう。

「でも、そのまま解放するのは私も賛成しないな」

ルーシャもそう言った。

ティルアは俺と同じ王国の人間の常識から、エミリは自身の行動規範から、そしてルーシャはこの島の人間の立場からの意見だ。

三人ともがそう言うなら、このまま解放するのは良くない、ということなのだが……。

「だから、性奴隷にするんですよっ」

ティルアが、真面目なのかふざけているのかわからない声で言う。

「ああ、あたしもここにおいてもらえると助かる。そしてもし可能なら、ティルアやアルヴィンの力を、たまにでいいから間近で見せてもらいたい」

エミリは真面目な調子で続ける。

「もちろん諜報としてじゃない。あたしは一応、それなりに腕に自信があったんだ。侵入したのだって、自分なら存在感と圧力をアピールした上で、脱出できると驕《おご》ってたからだし」

そう言って、小さく首を横に振る。

「だが実際は、あっという間に何をすることもできずに捕まってしまった。だから、ふたりのもとで強さを見てみたいのだ」

大陸とこちらでは、様々な基準が違う。エミリには、規格外の出来事だったのだろう。

「だが、まったく戻らなくてもいいのか？」

「ああ。鍛えてはいたが、幸い今は平和で、あたしたちの組織もどんどん縮小しているところだ。抜けること自体は、問題じゃないはずだ。アルヴィンについての報告は、同僚が問題なしとして終えているだろうし、うまく処理するよ」

あえてプライベートの話をしなかったあたり、エミリ自身のにも問題はないのだろう。

「まあ、そういうことなら、こちらとしてはむしろ好都合だが……」

「そ、それに……」

と、エミリは小さく付け足す。

「触手は嫌だが、それ以外はその……性奴隷の件もありかな、と」

「おおっ、素直なのはいいことですねっ。触手以外にもいろいろありますよ。マイルドに蔦《つた》とか、反対に――」

「い、いや、だからそういうヘンタイ大陸のよくわからない生物とかじゃなくて！」

テンションの上がったティルアがさっそく様々なものを勧め、わちゃわちゃとし始める。

「でも、本格的にはバレずにすんで、良かったね」

ルーシャが隣に来て、そうつぶやいた。

「この島でも、中央側は優秀な人なら呼びたがるだろうしね」

「それは……。まあ、そうか」

元々、俺が王国で貴族として迎えられたのだって、その力を管理したかったからだ。

これで脅かされることなく、エミリも増えてより賑やかに、ここでの暮らしが続けられる。

それは幸せなことだな、と改めて思うのだった。

†

エミリを家に迎えることになったが、部屋にはまだ余裕があったし、準備はすぐにすんだ。
ルーシャは教会へと帰っていった。
彼女はこの村唯一の回復魔法の使い手だしな。その腕を見込まれて教会から派遣されているため、
この家に住むことはさすがにできない。
実際のところ、急を要するような大怪我は回復魔法でもどうにもならないことがほとんどなので、
教会に常駐することには、あまり必要性がないのだが。
なんてことを考えていると、部屋のドアがノックされる。

「どうぞ」

声をかけると、入ってきたのはエミリだった。

お風呂上がりなのか、湯気を立てながら少し赤い顔をしている。

俺は彼女に椅子を勧め、自分はベッドに座った。

「ありがとう。あたしを許して、ここにおいてくれて」

エミリは落ち着かない様子で改めてお礼を言ってきた。

確かに、害を与える意図はなかったとはいえ、危険かもしれない大陸出身者のところで捕まった時点で、どうされてもおかしくはなかった。

それがこうして五体満足ですんだのだから運が良かった、ということなのだろう。

いや、触手とティルアにもてあそばれているので、まったくの無事だったわけではないのだが。

ともあれ、彼女はそう言ったあとで、少し顔を伏せてちらちらとこちらを見ながら続けた。

「そ、それで、性奴隷のほうの話なのだが……」

「……お、おう」

確かにティルアはそんなことを言っていたが、実際のところ、別に彼女を調教したり拘束したりする予定はない。

ティルアにしても、ノリで言っただけだろう。目につくところにいてくれれば、それで問題はない。

「いや、触手はもう嫌だが、アルヴィンにされるほうなら……ちょっと、興味もあるかな、と」

エミリは恥ずかしさからか、顔を赤くして少しふせながら言った。

その様子はとても可愛い。

エミリは中央から来た忍者であり、ちょっとぶっきらぼうな口調に高身長でスタイルがいいこともあって、一見するとクール系だ。

しかし、触手に責められて悶えたり、こうして顔を赤くしていたりと、可愛い反応のほうが多い。

あるいは、ギャップでそう思うのかも知れないが。

ともあれ、彼女がそう言ってくるのなら、俺としては大歓迎だ。

さっそく移動して、椅子に座る彼女の体へと手を回す。

「ん、ちゅっ……」

そしてこちらへ顔を向けたエミリに、ゆっくりとキスをした。

エミリは抵抗することなくそれを受け入れ、こちらを見つめる。

軽く促すと、彼女は立ち上がりベッドへと向かった。

「あぅ……こういうの初めてだから、緊張する。んっ」

そんな彼女に、再びキス。

「れろ、ちゅ……ちゅぅっ♥」

唇をなぞりあげるようにして、開いたそこへと舌を差し込んでいく。

「ちゅ、れろ……んっ♥」

そのまま口内で舌を絡め、頬の内側へも這わせていく。

「んぁ、ふ、ぷはっ……アルヴィン、ん、ぅぅ♥」

一息ついた彼女を軽くベッドへと押し倒す。

エミリは仰向けになって、俺を見上げた。

その目は軽く潤んでおり、期待に満ちているようだ。

組み敷いたエミリの胸が、呼吸で上下している。

仰向けになっても存在感を失わない巨乳が、俺を誘っているようだった。

俺は自然と、その双丘へと手を伸ばしていた。

「あぅ、ん、ぅぅ……♥」

エミリは声を上げて、心なしか胸を突き出した。

むにゅにゅっと彼女のおっぱいを揉み、すぐにその服へと手をかける。

「あんっ♥　あぅ、脱がされるの、ちょっと恥ずかしい」

顔を赤くしながらエミリが言った。

昨晩は触手によってさんざん感じさせられ、恥ずかしい姿を晒してはいたものの、服は着ていたからな。

「待ったほうがいい？」

そう尋ねてみると、彼女は小さく首を横に振った。

恥ずかしくはあるが、やめなくてもいい。

そんないじらしい仕草がとても可愛らしく、同時に俺を興奮させるのだった。

丁寧な手付きで、しかしすばやく彼女の服を脱がせていく。

大きな胸がぶるんと飛び出すと、もうその乳首ははっきりと存在を主張していた。

「ぁう……♥」

それに気づいているエミリは、恥ずかしそうに隠そうとする。

「隠さなくていいよ。ほら」

「きゃうっ♥」

その手を遮るようにしたあと、触ってほしそうにしていた乳首をつまみ上げる。

こりっとした頂点をいじると、エミリの身体がすぐに反応する。

「あんっ♥　乳首、そんなにいじられると、んぅっ♥」

「敏感なんだ」

「んっ♥　アルヴィンの指、あたしのと違って、んはぁ♥」

「自分でよくいじるのか？」

ちょっと意地悪に尋ねると、彼女は赤い顔でうなずいた。

「あぅぅ……だって、気持ちいいから……」

彼女の乳首はオナニーで開発されているらしい。

それならば、と俺は更に乳首を責めていく。

片方は指先でくりくりといじりながら、もう片方を口へと含んだ。

「んはぁぁっ♥　あっ、アルヴィンの口、んぅっ……温かくて、あぅ……」

舌先て乳首を転がす。

「んぁ♥　あっ♥　それ、んぅっ……！」

舌を動かして、舐め上げ、くすぐり、吸いついていった。

「あふっ、あっ、だめ、んぁ、ああっ……！」

残念ながら母乳は出ないが、ちゅうちゅうと吸いつくとエミリがよく反応してくれるので楽しくなってくる。

「あっあっ♥　だめ、乳首、そんなに吸っちゃ、あぁ♥」

そう言いながら、彼女はむぎゅっと俺を抱きしめてきた。

むにゅにゅっと、そのおっぱいに俺の顔が沈み込む。

唇で挟み込むようにすると、エミリの身体がびくんと震えた。

「あうっ、だめ、いっちゃ……乳首だけで、んはぁっ♥　あたし、んぅっ！」

俺の顔におっぱいに押しつけながら、足のほうへと、自らのアソコをこすりつけてくる。

愛液の水気を感じながら、俺は乳首責めを続けていく。

「あぅっ♥　あんあんっ♥　乳首、イッちゃうっ。ふぁ、ああっ！　アルヴィンっ……！　あたし、もうっ！」

彼女の腰にも力が入り、前後へと動く。

凛々しい美少女が乳首を責められながら、俺の足でオナニーしている。

それはとてもエロい姿だ。

俺はトドメとなるように、唇で挟んだ乳首を舌で舐め回しながら、もう片方を指先でぎゅっとつまみ上げる。

「んはぁ！　あっあっ、んくぅっ♥　イッちゃう、んはぁ、乳首、ぎゅってするの、だめぇっ♥　あっ、んぁ、んくぅぅうぅっ♥」

身体を跳ねさせながら、エミリが絶頂した。

艶かしく身体を数度揺らすと、そのままベッドへと倒れ込む。

「はぅ……あ、ぁ……♥」

そしてうっとりとした顔のまま、俺を見上げた。

もちろん、これで終わりじゃない。

ぐったりとしている彼女を完全に脱がしきり、軽く足を広げさせる。

絶頂によってほぐれたそこは、もうぐっしょりと濡れており、淫らな花も軽く開いていた。

その内側、ピンク色の襞が蠢いているのが見える。

「あふぅ♥　そんなに、そこを見ちゃダメだ……あぅ」

「綺麗だよ。それに、すっごくエッチだ」

「ひゃうんっ♥」

軽く指で触れると、エミリはびくんと反応した。

ねっとりと彼女の愛液が指につく。

それを軽く塗り拡げながら、両手で膣肉をほぐしていった。

「んぁ♥　あっ、ん、くぅっ……な、なあアルヴィン……」

エミリは感じながら、俺へと顔を向ける。

その表情はもう完全にメスのもので、俺は思わずつばを飲み込んだ。

「その……アルヴィンのおちんちんを、挿れてほしい。うずいているあたしの中を、いっぱいにしてほしいよ……」

はしたなく緩んだ女の顔でおねだりされると、本能が俺を突き動かしてくる。

「ああ……」

俺はうなずくと、猛りきった剛直を取り出し、エミリの膣口へと宛がう。

昨夜、触手に喘がされていた姿からずっと、俺を興奮させていたエミリの秘所だ。

「いくぞ」

「うんっ……！」

俺はゆっくりと腰を進めて、その膣内に肉棒を埋めていく。

触手には侵入を許さなかった処女膣を進み、押し広げていった。

「んくぅっ！　うぁ、これ、あたしの、中っ……！」

秘めやかな膜を破り、ぬるりと奥へと侵入していく。

「んはぁあっ！　あ、熱いの、入って、きてるっ……！」

初めてとなる異物を飲み込んだ膣道は、その正体を確かめるかのようにぎゅむっと肉棒を押さえつけてくる。

「んくっ、ひぅっ♥　中、入ってくるの、こんな感じなのか♥」

彼女の膣襞は、蠢動して肉竿を刺激してくる。

その動きは早くも、ねっとりとペニスを味わうかのようだった。

「んはぁ、あぁ♥」

ゆっくりと引き抜くと、カリの部分に襞がこすれて快感がはしる。

濃い愛液が掻き出され、シーツを汚していく。

「ふぁ、アルヴィン、んっ……」

エミリは気持ちよさそうな顔に期待を滲ませて、俺を見つめた。

「もっといっぱい、アルヴィンを感じさせてくれ♥　んっ、あたしの中で、んはぁっ！」

可愛いことを言うエミリに、腰を打ちつける。

ぬぷっと肉棒を押し込むと、膣襞が歓迎してくれる。

俺は緩やかに、ピストンを始めた。

「んはぁっ！　あっ、ふぁっ♥」

腰を動かす度に彼女の体が揺れる。

大きな胸も誘うように弾んだので、その双丘へと手を伸ばした。

「つんはぁっ♥　あっ、なんか、同時にされると……♥」

ふにゅりと指が沈み込み、乳房がいやらしく形を変える。

エミリは潤んだ瞳で俺を見上げた。

「んはぁ、気持ちよすぎて、おかしくなっちゃう……♥」

両胸とおまんこの三点責めに、エミリは艶めかしい声で答える。

「アルヴィンの手、温かくて、ちょっとごつごつしてて、んっ、あふぅっ♥」

エミリはその細い指で、ぎゅっとシーツを掴んでいる。

俺のものとは違う、繊細な手。

同じようにおっぱいを揉んでいても、当然その感覚は違うだろう。

「エミリは自分の指のほうが好き？」

「ううんっ、アルヴィンにされてる感じ、すごく好き……♥　んはぁ、ああっ！」

それを証明するかのように、彼女はえっちな声で喘ぐ。

「おちんちんのふくらんだとこっ、あたしの中に、んぅっ♥　あふっ、すごく引っかかって、気持ちいいっ♥」

「ああ……俺も、エミリのおまんこ襞《ひだ》が、ぞりぞり擦り上げてきてるの、気持ちいいよ」

「ひぅっ、あたしの中、気持ちいいんだ。ふふ……んぅっ！」

エミリは嬉しそうにそう言うと、唇を差し出した。

俺はすかさず、キスをする。

「んぅ……ちゅっ♥」

彼女は軽いキスをすると笑みを浮かべた。

「こうやって抱いてもらうの、すごく好き。んっ♥　気持ちよくて、安心して、ふわふわしちゃう、んくぅっ♥」

エミリは言い終えると、恥ずかしそうにちょっと顔をそらした。

ぱっと見は凛々しい女忍者のエミリ。

普段から魅力的な女性ではあるけれど、今の彼女はそれよりももっと女の子だった。

「あくぅっ♥　アルヴィン、あたし、んはぁっ♥」

エミリが高まってきたのが、膣襞の動きから伝わってくる。

おまんこはより貪欲に肉棒を求めてヒクついていた。

俺は彼女のすべすべした腿を掴み、さらに腰の動きを速めていく。

「んはぁっ♥　あふっ、アルヴィン、んあぁっ！　あたし、もう、イッちゃうっ！　我慢できな、んはぁっ♥」

「我慢せず、イッていいんだぞ。ほらっ」

「んはぁぁぁっ♥」

ぐにっと彼女の奥を突くと、ビクンとエミリの身体が跳ねた。

「ひぐっ！　も、らめっ、んはぁっ♥　あっあっ♥　イクッ、イクイクッ！　イックゥゥゥウウゥウッ！」

絶頂と共に身体が大きく跳ねて、膣内もビクンビクンと震えていく。

愛液を押し出そうとする力と、肉棒をさらに飲みこもうとする力が、俺のペニスに強い刺激を与えてきた。

蕩けてしまいそうな快楽。エミリはこちらへと手を伸ばして言った
「アルヴィンも、気持ちよくなってくれっ……あたしの、んはっ♥　あたしの身体で、いっぱい射精してっ」

「ああ……いくぞっ」

俺は蠕動する膣内を、じゅぶじゅぶと激しく犯していった。

「んくっ♥　あふっ、絶頂おまんこ犯されるの、くせになっちゃうっ♥　あふっ、アルヴィンのおちんぽの形、身体が覚えちゃうっ♥」

つい先程まで処女だったとは思えない、膣襞のうねり。

女としての才能を発揮しているその柔肉に、肉棒はすぐに高められていく。

「きてっ。きてきてっ、あたしの中。アルヴィンのおちんちんで、おまんこにいっぱい種付けしてぇっ♥」

「うぁ、うっ！」

ぼびゅっ！　びゅくく、びゅるるるるるっ！

「んはぁっ！　あ、あああぁぁぁっ♥」

俺は蠢く膣内に射精する。

濃厚なザーメンを吐き出し、彼女のおまんこを満たしていった。

「ひぐっ、あふぅっ、しゅご、しゅごい出でてるっ♥　んくっ！　んぁっ♥　中出しザーメンでいっちゃうっ♥　んぉおぉぉおっ！」

エミリの身体が絶頂で跳ね上がった。

その動きにペニスが引っ張られ、射精直後の亀頭には強すぎる刺激が送り込まれてくる。

「んはぁあぁぁっ♥　あふぅ、んあぁぁっ♥」

快感に視界が白くスパークして、エミリの嬌声だけが届いてくる。

「あひゅっ♥　あっ、お腹の中、熱くて、あふぅっ♥」

エミリが快楽に身悶えると、勢い余った精液がびゅぽっと下品な音を立てながら、おまんこを飛び出してくる。俺はぐったりとしながら、分身を彼女の中から引き抜いた。

「ふぁ♥」

愛液と精液が混じって、白くどろっとした液体が、エミリのおまんこからあふれ出している。

その光景はあまりにエロかった。

「はぁ、んっ♥　すごいイキかたしちゃって、もう動けない、んぅ……♥」

エミリはそのまま、ぐったりとベッドに横になっていた。

「そのまま、寝てていいよ」

「んっ♥」

俺は彼女のほっぺに軽くキスをすると、事後用のタオルを手に取る。

そして、混ざった体液で汚れてしまった彼女の股間を優しく拭いた。

「んはっ♥　アルヴィン、そんなのだめっ、恥ずかし、んっ♥」

羞恥を口にしながら、彼女はさらに煽るような、はしたない声を上げる。

溢れる体液を拭っていくものの、当然そこからは、水分がなくなることなんてない。

「んっ、そんなエッチな拭き方されたら、んぅ♥　アルヴィン、あたしもう体力が、んはぁっ♥」

抵抗するようなことを言いつつもエミリの顔には、もっとしてほしい、という期待がありありと見てとれた。それを裏付けるかのように、秘裂からは新たな愛液が流れ出してくる。

「そんなに物欲しそうな顔で言われてもな。ほら、ここもこんなに触ってほしそうにして」

「んはぁっ♥」

ぷっくりと膨らんだクリトリスを擦るとエミリの身体が跳ね、その勢いで愛液が飛び出してくる。

「やぁっ♥　も、んぅ……」

「エミリはマゾっ気があるみたいだな。動けない状態が、気持ちいいの？」

「そんなこと、んぅ……♥」

彼女は明確な否定をせず、恥ずかしそうに顔をそらした。

「まあいいか。夜は長いし、じっくり尋問していこうな」

「あぅ♥」

エミリは恥ずかしげな、しかし期待に満ちた顔で俺を見つめたのだった。

第四章　地味な村人のハーレムライフ

ティルア、エミリと暮らし、ルーシャも家に出入りすることが多くなった。

俺の生活はずいぶんと賑やかになっている。

大陸にいたころも、望めば周囲に人は来たが、今とはまるで別物だ。

王国では常に、権力や魔法の力に人が集まっていた。

異例の出世を果たした貴族と親しければ、それを利用して自分ももっと上にいける。

強力な魔法使いと親しければ、いざというときにその力で邪魔なものを排除できる。

そういった打算の上で、俺の周りには人が集まっていた。

それらも俺の力、俺の一面であることに間違いはないのだが、その理由で求められることに慣れすぎて、実際は辟易していたのだ。

それに比べて、今そばにいる彼女たちはまったく違う。

ここでの俺はただの村人で、魔法はほとんど使っていない。積極的に使うつもりもない。

だから、付き合ったところで社会的なメリットはない。

それどころかティルアなどは、こちらに来るために宮廷魔術師の地位を投げ捨てている。

昔から強かった彼女の向上心を思えば、それはとても嬉しいことだ。

そんな彼女たちが隣にいてくれるのは、すごく嬉しかった。

そんなわけで、賑やかで楽しい生活を送っているのだが、この家は元々、俺がひとりで住むために選んだ物件だ。

まあ、単身用とはいえかなり広い家なので、部屋数もある。三人でも、暮らせてはいる。

しかしやはり、これから四人が暮らすとなると、少しは狭さも感じてくるのだった。

どうせなら不自由なく、悠々と暮らすのが俺の理想だ。

魔方陣を刻んだ道具を始め、表には出しにくい変わったものもいろいろあるので、室内はスペースを取られやすいのだ。

そんなわけで俺は、家を増築することにした。

土地だけはまだまだ余っていて、隣の家まではかなり遠いので、増築のスペース自体はなんの問題なかった。

まあ、自分でどうにかしようにも建築技術はないので、これぱっかりは大工に頼まないなら、都合よく魔法を使うことになるが。

誰も見ていないだろうし、ティルアやエミリも言い訳作りは上手いので、割と誤魔化せるだろうと思う。

派手にやりすぎなければ、大丈夫だろう。

というわけで、さっそく家の増改築を行うのだった。

「師匠との共同作業ですね♪」

ティルアが、俺の腕にしがみつきながら言った。

大きな胸が腕に押しつけられて、むにゅっと柔らかく潰れる。

「別に、初めてでもないけどな」

弟子だった頃は基本的に一緒に行動していたのだ。

協力して何かをすることなんて、山のようにあった。

「それもなんだか、嬉しい返しですね♪」

そんなふうにふざけながら、俺たちは魔法で家を増築していく。

基礎工事や建築の知識も、この場合はこれといって必要ない。

接着も強化も、すべて魔法で行っているからだ。

これは、この世界でもだいぶ無茶苦茶な方法だ。

本来ならそんな雑なやり方で家を建てるには膨大な魔力が必要で、理論上は可能なのだがまるで現実的じゃない。

しかしそこは、俺たちは元大魔道士と宮廷魔術師だ。

最近はかなり持ち腐れとなっているが、チート級の魔力を持っているのだった。

王国でやれば騒ぎになるような荒業ではあるが、この村なら大丈夫。

異常だってことに少しは気付いても、根掘り葉掘り聞いてはこないだろう。

それに、この村には俺が望む増築ができる大工がいなかった。

建築需要自体が少なく、そういったギルドもないらしい。

基礎から行うような、ちゃんとした建築物には時間がかかるのだ。

そんなわけで俺たちは、王国でもありえないような荒業で、さくっと増築を行うのだった。

「あらためて、アルヴィンたちがめちゃくちゃなんだってことが、よくわかるわね」

その様子を見ていたルーシャが、しみじみとつぶやく。

彼女は俺が力を隠していた頃からけっこう感づいていたようだが、そうはいっても、予測には限度があるだろう。

俺の魔力量は正直、常識的とはいい難いしな。

自分でも回復魔法を扱う彼女だからこそ、これがむちゃくちゃだっていうのも、よくわかると思うし。

「ほう、こんなにすぐ建物を作れるのなら、いろいろと便利そうだな。ハリボテだけでも、もっともっと少ない魔力で作れないだろうか？　十分の一とか……じゃきついか。百分の一くらいならなんとか……」

エミリのほうは興味深そうに、増築された部分を眺めている。

建物を魔法で作るのは、膨大な魔力ありき。それはわかってくれているようだ。

大陸より遥かに人口の少ないこちらでは、当然大きな魔力を持つ者も少ない。

そのため、机上の空論程度としても、魔力で建築しようなんて話自体が出ないのだろう。

「ハリボテに絞るのはいい発想だな。けっきょく魔力の多くを食うのは、強固にすることで、家としてちゃんと住めるようにするって部分だし。そこに気を使わなくていいなら、簡易には十分いけるんじゃないかな」

住むための強度や歪みの問題は、ハリボテならば気にしなくてもいい。外側を整えるだけなら、基礎工事の部分もいらないし、労力はぐっと少なくなる。

「おお、そうか！　ハリボテで幻惑するのは、いかにも忍者っぽくてかっこいいので、ぜひ使ってみたいと思ったのだ！」

エミリは目を輝かせながら、そう言った。

ハリボテの忍術っぽさについては、俺にもわかる。たしかに、面白い。

だがそれ以上に、珍しい魔法を使ってみたいというのもあるのだろう。

「もしよければ、あたしにもその魔法を教えてくれないか？」

「ああ、ハリボテ程度でいいなら魔力もそこまで必要ないし、実力がつくまではちょっと時間はかかるかも知れないが、いいぞ」

「おお、本当か！　ありがとう！　時間はそれこそこの先ずっとアルヴィンといるんだし、かかっても構わないさ」

エミリは嬉しそうに笑顔を浮かべた。

そこでティルアが、驚いた顔をしてエミリへと声をかける。

「エミリ、師匠から魔法を習うの？」

「え？　ああ……って、ティルアの位置を狙ったりはしてないから！　触手はやめてくれ！」

彼女はあとずさり、ぎゅっと自分の身体を抱きしめた。

触手による焦らしからの連続絶頂は、トラウマになっているらしい。

「いや、それは別に心配してないです。そもそもわたしはアホっぽいだけで、一応賢者なので頭脳タイプ。エミリはしっかりしているように見えて、うっかりな可愛いタイプなので、ポジションはかぶらないですよ。……じゃ、なくて、師匠に魔法を習うこと自体を心配してるんですよっ！」

嬉々として触手を操って喜んでいたティルアも、さすがにそれを自分のキャラとして定着させるのは嫌みたいだ。

というか、自分も触手に襲われて喜んでいたところを見るに、そもそもティルアにとって、触手責めは嫌がらせじゃないのだろうしな。

性癖の違いだ。

というかティルア自身でも、「見た目がアホっぽいだけの頭脳派」っていう自己認識だったんだな……。

「アホっぽいって自覚、あったんだ……」

「ありますよっ。ただ、ノリと勢いで生きてるので、その場その場ではどうしようもないだけです。思いつきに理性が負けるのです」

「お、おう」

理由もまた、ちょっとアホっぽかった。

まあ、わざわざ狙ってキャラを作っているのではなく、素なのはよかった、のか？

「ともあれ、なんで俺から魔法を習うだけで、心配されるんだ？」

俺は弟子こそティルアしかとっていなかったが、それは断っていたからであって、パワハラがひどいとか、わざときつくして辞めさせるみたいなブラックなことをしていたわけではない。

「えぇぇ……。いや、理不尽ではないだけで、師匠の特訓はわりとおかしいですよ……。ナチュラルにハードルが高くて鬼です。普通だったら即脱落します。わたしはそのおかげで、かなり早く宮廷魔術師になれましたけどね」

「そう、なのか……？」

まあだが、弟子がティルアしかいないので、彼女がそう言うならそうなのかも知れない。

俺自身、自分が規格外だって自覚はあるしな。

ティルアも最年少で宮廷魔術師になったような天才なので、エミリにそこについてこいというのが酷なのもわかる。

「いや、まあそもそも、本気で上を目指していたティルアと同じような訓練はしないけどな」

「ええっ。それはそれでなんだか、わたしだけきつかったのかと思って、モヤってしまいます！」

「でも、アルヴィンたちがどんな修行をしてたのか、私もちょっと興味あるかも」

回復魔法の使い手であるルーシャは、興味深そうにそう言った。

「教会のほうとは、だいぶ違いそうだしな」

「そうね。あっ、でも私は、厳しい修行までは求めてないから」

ルーシャが慌てたようにそう付け足してから、笑う。

そのまま賑やかに、俺は魔法について話すのだった。

†

増築が終わると、再び生活にも余裕ができていた。

家庭菜園も広くなり、最近はティルアがそこで野菜などを育てている。

魔法を使っての水撒きの他にも、ティルアは菜園のさらに端っこで、何かを育てているようだ。

「大きくなあれ♪　大きくなあれ♪」

ティルアはその端っこに座り、怪しげなおまじないを掛けているようだった。

まあ、害になるようなものではないだろう。

そう思いつつも、俺は彼女へ近づいていく。

「そこでは、何を育てているんだ？」

「あっ、師匠！」

彼女は俺が声をかけると立ち上がった。

ふわりとツインテールを揺らしながら、ティルアはこちらへと振り向いた。

「この辺は大根ですね」

そして、しゃがみ込んでいた辺りを指さしながら言う。

「大根って、面白い形に育つらしいですよ！　人っぽい形とか、足みたいな形にもなるみたいですっ。せっかくだから、そういうのが作りたいなって」

ティルアは楽しそうにそう言った。

「なるほどな……」

実用的でもありつつ、面白さに引っ張られているあたりが、ティルアらしいといえばティルアらしい。

「菜園も広がったし、ハーブ類とかを育ててみるのもいいかもな」

これまでは野菜など、ストレートに食べられるものばかりだったが、今後は他の方向にも手を出してみていいかもしれない。

「ルーシャが、お茶で淹れてくれるようなやつですか？」

「ああ、そういうの。タイムとかカモミールとか」

「見た目的にも、お花畑みたいでよさそうですね」

「ああ」

ナスなども花は可愛らしいので、菜園自体の見た目はすでに華やかなのだが、カモミールやラベンダーのような、観賞用のイメージが強いものだとより花畑感がでるだろう。

「ふたりとも、お茶にしない？」

今後の菜園について話をしていると、家の中からルーシャが声をかけてきた。

その隣にはエミリもいる。

「はーい。今いきますっ。さ、師匠っ」

俺はティルアに引っ張られながら、家へと戻っていくのだった。

「なんだか、ずいぶん賑やかになりましたよね」

夜になってティルアに呼ばれ、彼女の部屋でふたりきりになった。

ティルアは俺の向かいに座り、少し懐かしそうに続ける。

「最近の師匠は、楽しそうでいい感じです。わたしも、こっちに来てよかったですし」

「ああ。ここでの暮らしはのんびりしていて……王都でもさほど忙《せわ》しなくしていたつもりはなかったが、やっぱりいろいろ気にしなきゃいけないことがあったんだろうなぁ」

もう過去のことだし、無意識下での苦労なので、他人事のように言った。

時折呼ばれる以外は好きに研究できる環境があって、王都にいた頃のほうが今よりも恵まれていたとは思う。

そこについては感謝もしている。

貴族たちが心配するような、他国に味方して王国を襲う……なんてつもりはまるでない。

ただ、過剰な戦力として囲われて警戒されている中での暮らしは、やはり窮屈でもあったのだろう。

「今はなんだか、ワイワイしていていいですよね。ルーシャやエミリも一緒ですし」

「ああ……。ティルアがいてくれるのも含めて、こっちに来たときには想像もできなかった暮らしだな」

最初はひとり暮らしのつもりだったくらいだ。

それがこんなにも賑やかに、楽しく暮らせている。

「他にしょーが元気だった時期は、わたしが弟子の間くらいですものね♪」

そこで彼女はわざとらしく、からかくような笑みを浮かべた。

「あれ？　ってことは師匠が元気なときは、いつもわたしがそばにいるってことですね。もう、師匠ってば、ティルアちゃんが大好きなんから♪」

ふざけて言う彼女に、俺は真面目な顔を作ってうなずいてみせた。

「そうかもな。ティルアの元気さには、いつも感謝してるよ」

「はぅっ!?　い、いきなりなんですか師匠っ。そんなデレたりしてっ。冷たくないと調子おかしくなるんですけどっ」

ちょっと頬を染めて慌てるティルアは可愛い。

それに、彼女の元気さに感謝しているのは本心だ。

「あぅ……」

俺は照れている彼女に近づいて、そっと抱きしめる。

彼女の体温と、少し甘い匂いを感じた。

腕の中で、ティルアが小さく身じろぎする。

「うぅっ、師匠、ちゅっ」

至近距離で見つめると、ティルアはそれ以上に接近して、キスをしてきた。

俺はそれを受け入れ、こちらからもキスをする。

「師匠、ん、ちゅっ……んっ、ちゅっ」

浅い口づけを繰り返しながら、俺たちはベッドへと向かう。

「うぅ、このままじゃ恥ずかしいので、わたしもちょっとは反撃しますっ」

わざわざそう宣言した彼女は、身体を下へと沈ませ、俺のズボンへと手をかけた。

そして、もうすっかり慣れた手付きで俺の肉棒を取り出す。

「師匠のこと、いっぱい感じさせて、可愛いところを見せてもらいますっ」

ティルアはまず、その小さな手で俺のものを包み込んだ。

温かな手に包まれると血液が集まってきて、肉竿がぐぐっと勃ち上がり始める。

そうなるとすぐに手からはみ出し、その雄々しさを見せつけるようになるのだった。

「もうっ、師匠のここ、元気すぎです。手じゃ収まらないから、えいっ」

彼女は自らの胸元を露出させた。

ふよんっ、と柔らかそうにおっぱいが飛び出し、俺の目がそこへ惹きつけられる。

豊かな双丘を広げ、その谷間へと肉棒を導いた。

「うお……」

柔らかな胸で肉棒が包み込まれる。

彼女がむにむにと乳房を押しつけてくると、淡い気持ちよさが伝わってきた。

「師匠のおちんちん、硬くなってるのがはっきりわかりますね。んっ、おっぱいの真ん中で、熱い芯になってる♪」

彼女はそのままむにむにと胸を押しつけて、肉棒を愛撫した。

おっぱいに包み込まれる感触が俺の肉竿に伝わってくる。

大きなおっぱいに包まれていると、どことなく安心感を抱くのだった。

「むにむにー♪　どう、しらしょー。わたしのおっぱい、気持ちいい？」

「ああ……」

俺は短く答えながら、彼女の頭をなでた。

「んっ」

ティルアも短く声を上げて、嬉しそうな表情を浮かべた。

彼女はむにゅむにゅとおっぱいを当てながら、次の行動に移る。

「もうちょっと激しく動く前に……れろっ、ちゅぶっ」

「うぁ……」

ティルアは舌を伸ばして肉棒の先端を舐めると、軽く咥え込んだ。

唇がカリの裏側をこすり、舌先が鈴口をくすぐってくる。

「ちゅぱっ、れろっ、ちゅっ……♥」

そしてそのまま、ティルアは肉竿に唾液を絡めていく。

「じゅぶっ、えろっ……」

彼女の唾液はそのまま肉竿を伝い、根本のほうまで流れていった。

「はふっ……これだけ濡らしておけば、大きく動いても大丈夫ですよね♪」

そう言って口を離し、再びおっぱいで肉棒を包む。

唾液によって水気が与えられているため、よりもっちりと乳肉が吸いついてきた。

「んっ、しょっ……」

そして挟み込んだまま、ティルアが身体を動かし始める。

ふわふわおっぱいが肉棒を擦り上げ、じんわりとした快楽を送り込んできた。

「ふぁっ、しょっ……師匠のおちんちん、おっぱいの中で暴れてますね。あんっ♥」

彼女が上下に胸を揺らすたび、おっぱいが波打つように動くのが艶めかしい。

「あふっ、おっきくてはみ出してきちゃってます。れろっ」

ティルアの舌が、谷間から顔を出した肉竿を舐める。

「あむっ、じゅるっ……師匠、どうれふか？　あむっ……んしょっ……お胸で一回ぴゅっぴゅっしますか？」

ティルアはそう問いかけてくるが、その目はさり気なく、早く挿れてほしい、と言っているかのようだった。

「いや、ティルアの中にしよう。ベッドに四つん這いになって」

「はいっ！」

期待していたからか、言うやいなやすばやく頷き、乳房から肉棒を解放すると、ベッドの上で四つん這いになる。

そしてふりふりとお尻を振って、こちらにアピールしてきていた。

「ティルアも、ずいぶん期待してくれてたみたいだな」

まくれ上がったスカートの奥では、あふれる愛液を吸った下着が張り付いて、彼女の形をはっきりと示していた。

「あぅ……師匠に挿れてほしくて、こんなになっちゃいました」

すっかり水気を帯びた彼女の下着に手をかけ、ずらしていく。

クロッチの部分がいやらしく糸を引き、開放されたフェロモンが香った。

メスの匂いがオスを興奮させ、俺は導かれるようにして、猛りきった剛直をその秘裂へと宛がっていた。

もうすっかり準備万端の割れ目に、自らを埋めていく。

「んくっ、ぅ……師匠の、おちんぽ、はいってきて、んぁ♥」

熱い蜜壺に、肉棒が侵入していく。

すぐにうねる膣襞に迎え入れられて、肉竿はスムーズに飲み込まれていった。

「あふっ、ん、あぁ♥」

「もうすっかり馴染んでるな」

「あふっ♥　だってわたしの中、師匠の形になっちゃってます♪」

そう言いながら、ティルアは小さく腰を振った。

挿入の角度が変わり、互いに快感がはしる。

「あふっ♥　おちんちん、奥に当たって、んっ」

「ティルアは、このあたりが弱いのか？」

「んはぁぁぁっ♥　あっ、師匠、だめ、んっ」

お腹の下側のほうに意識を向けてこすりつけると、彼女の身体がびくんと跳ねた。

ティルアは快感で姿勢を落とし、そのおっぱいがベッドに押しつけられてむにゅりと形を変えていた。

俺が押さえている腰だけを、高く突き出した状態だ。

この姿勢も、強くおねだりしているようでエロい。

「んぁっ♥　あっ、師匠、あふっ……おちんちん、ずぶずぶきてるぅっ！」

腰を突き出させたままで、ピストンを始める。

ぬぷ、じゅぷっと蜜壺をかき回しながらの抽送を行っていった。

震える襞から送られてくる快楽に、腰の動きが速くなっていく。

「あふっ♥　あっあっ、んぁっ……！」

前後する度に体が揺れ、ツインテールが震える。

ティルアはシーツをぎゅっとつかみ、快楽に身を任せているようだった。

「んぁっ、あっ、あああぁぁっ！　師匠、んはぁ、師匠のおちんちん、わたしの中、そんなにかき回しちゃだめぇっ♥」

「おうっ……急にそんな締めつけられたら、ぐっ」

「あふっ。おちんぽ、中で膨らんでるっ。そんなに広げられたら、おかしくなっちゃ、んぁ♥　あふ、んくぅっ！」

蠢動する襞をかき分けながら、荒々しくピストンを繰り返す。

吸いついてくる膣襞を擦り上げるたび、快感が膨らんでいくのを感じた。

「んぁっ、あ、あ、あっ。そんな、あふっ♥　んくっ、わたし、もう……あふっ♥　ん、んはぁぁっ！」

上半身をベッドに押しつけながら、ティルアが絶頂する。

きゅっと膣内が締めつけてきて、精液をねだってきた。

「うおっ、このまま、いくぞ」

「んはぁぁっ♥　ししょ、師匠っ♥　だめですっ！　んはぁっ♥　イッたばかりのおまんこ、そんなに突いちゃ♥」

激しく愛液をこぼしながら、ティルアが言う。

絶頂の締めつけは肉棒をぎゅっとつかみ、射精を促してくる。

俺はそれに逆らうことなく、彼女の奥へと入って子宮口にキスをした。

「んはぁぁあぁぁっ♥　奥っ、奥まできてるっ♥　赤ちゃんの部屋、おちんちんがノックしちゃってるっ♥」

「おぐっ、ティルア、んぁっ」

突かれた子宮口がきゅぽっと肉棒の先端を咥え、そのままバキュームするかのように吸いついてきた。

「んぁ♥　入りすぎですっ♥　そんなところ、んぅ、あふっ！」

「ティルアのほうが吸いついて、ぐっ、このまま出すぞ」

「んくっ♥　そんなところで出されたら……♥　んぁ、きてくださいっ。師匠の子種汁っ、わたしの奥に、んぁ♥」

「ぐ、おぉっ！」

俺は膣襞と子宮口の誘導に従い、熱い精液を中出しした。

「んひぃぃぃぃぃっ♥　あふっ♥　あっあっ♥　出てるっ。わたしの、しきゅー。師匠のせーし、いっぱいだされてるぅ♥」

直出し精液で彼女の身体は更に跳ね、膣道が余さず精液を搾り取ってくる。

俺はその吸いつきに逆らえず、最後の一滴まで彼女の中に放出しきった。

「あふっ♥　……んぁ、あぅ……」

ぐったりとベッドに身体を預けながら、ティルアがとろけた声をだす。

俺もようやく開放され、肉棒をゆっくりと引き抜いた。

「あんっ♥」

抜くときにも互いの粘膜が擦れ、快感を送り込んでくる。

高く上げられた彼女のお尻。その中心にある女の子の割れ目から、収めきれなかった精液がとろりと垂れた。

出した量に比べれば、ごく僅かな雫。

それだけ、いま彼女の中に俺の精液があるのだ。

「うぁ……」

それを意識すると、不思議な興奮と心地よさが俺の胸に広がっていく。

ティルアはそこに出された精液を感じるかのように、お腹をなでながら言った。

「あぅ……お腹の中、すっごく熱いです。ぽかぽかして、はふぅ♥」

つぶやく彼女を、後ろから覆いかぶさるように抱きしめる。

「あんっ。師匠……暖かいです♥」

俺たちはしばらく、そのまま時を過ごすのだった。

†

最近ずっと、俺を悩ませていることがひとつある。

侵入してきたエミリをティルアが触手で快楽責めにする、という出会いだったため、無意識の部分でエミリはティルアに気後れしてしまっていることだ。

この状況は、よくない。

ティルアもエミリも意識的なわだかまりがあるわけではないので、言葉で仲を取り持つようなことをしても、意味はない。感じ方の問題なのだ。

そんなふたりをもっとなかよしにするためには……やはりセックスだろう。

元々が快楽責めで刻みつけられてしまったイメージなのだから、反対にティルアを責めることで、苦手意識を取り除いていくのが一番だ。

ということで、今日はエミリとふたりで、ティルアを責めることにしたのだった。

「なんだか、ふたりからえっちされるって宣言されてるの、すっごくドキドキしますね……」

ベッドの上で、少し頬を染めてティルアが言った。

実際、その直後の触手責めのときこそノリノリだったが、ティルア自身は責められるのも好きなタイプだ。

実際、その直後の触手責め返しをかなり喜んでいたしな。

「あたしのほうもドキドキする。三人で、なんて」

責める側に回るのが初めてなエミリも、少し期待しているようだ。

そんなふたりを見ていると、俺も興奮してくる。

まずは三人一緒にベッドへと上がり、俺とエミリでティルアを囲んだ。

「はぅ……」

期待を滲ませるティルアの後ろへと回り、そのまま軽く抱きしめた。

首筋に顔を埋めると、ティルアの爽やかな香りが俺を誘う。

俺は背中側から手を回し、彼女の胸に触れた。

「あんっ」

服越しでもわかる、柔らかなおっぱいの感触。

わやわやとそこを軽く揉んだ後、内側に手を滑り込ませて今度は直接触れる。

「んぅ、師匠、んっ」

ティルアはエミリの視線を感じながら胸を触られ、羞恥に身をよじらせた。

そんな様子を見てから、俺は服の上からでもわかるほど大きく手を動かして、ティルアのおっぱいを揉みしだいた。

「エミリも、もっと近くに」

「あ、ああ。そうだったな。思わず見入ってしまった」

エミリはそう言うと側へ寄ってきて、どこへ触れるべきか迷うような仕草を見せた。

その間にも俺はティルアのおっぱいを堪能し、乳首へと指を伸ばす。

「ティルア、見られてるせいか、もうずいぶん興奮してるみたいだな。ほら、乳首、こんなに立ってきてるぞ」

「んぁ、あぅ……。師匠がそんなにいじるからっ……ん、あぅっ。あまり見ないで、んぅっ、あふぅっ」

後半はエミリにも言って、ティルアが顔を伏せようとする。

エミリはその頬に手を添えて、ティルアが下を向けないようにした。

「あっ、あぅっ……」

至近距離で近くから見つめられ、ティルアは恥ずかしそうに呻く。

自分だけが責められている状態なので、逃げ場がない。

「感じているティルアは可愛いな」

「そんな、んぅっ」

エミリは楽しそうに呟くと、そのまま手を首筋のあたりへと滑らせる。

鎖骨を優しく撫でて、谷間のほうへと。

男である俺の手とは違う、細い指。

それがつーっとティルアの身体を撫でていく。

そのくすぐったさに、彼女が身悶えた。

「おっぱいはアルヴィンに任せようか。まず、服を脱がせていこう」

そう言って、エミリはティルアの服に手を掛けると、するすると脱がせていく。

そのまま手早く脱がされて、ティルアはぱんつ一枚の姿になってしまった。

「女の子らしくて綺麗な身体だな」

「あぅっ……」

エミリにしげしげと身体を見られて、ティルアの羞恥が増しているようだった。

エミリは確かめるように、ティルアの脇腹へと指を滑らせる。

あばら骨をなぞり、そのままお腹のほうへ。

「折れてしまいそうなくらい細いな」

「あう、なんか、そうやってなで回されるの、かえってえっちな感じするっ……」

興味深そうに触るエミリに、ティルアは顔を真っ赤にして身をよじる。

しかし後ろから俺が抱き締めているので、逃げられはしない。

エミリはそのまま、ティルアのお腹をなで回していく。

忍者として鍛えているエミリとは違い、魔法使いであるティルアは自ら動くことが少ないため、ほとんど腹筋がない。

そのせいで、触り心地はかなり違うのだろう。

「なんだか、あたしのほうもドキドキするな……」

エミリの指がティルアのおへそをくすぐる。

「んっ、あぅ……」

ティルアが吐息を漏らして身をよじった。

「さて……」

エミリの手が、お腹から下へと降りていく。

「んっ……」

彼女の手が下着のラインをなぞり、そのままゆっくりと下ろしていった。

ティルアのぱんつはすぐに脱がされ、一糸まとわぬ姿になってしまう。

「ふぁっ……」

俺たちは服を着ていて、自分だけ裸であることがやはり恥ずかしいのか、ティルアは真っ赤な顔で、小さく声を漏らした。

「エミリ、ティルアを気持ち良くしてくれ」

「ああ。わかった」

エミリは頷くと、ティルアの秘部へと手を伸ばす。

「んぁっ」

細い指が割れ目を丁寧になぞり、ゆっくりとティルアを責めていく。

「あぅっ、エミリ、んっ、そこ、んぁっ♥」

後ろから抱きついている俺は、ティルアの大きなおっぱいに視界が遮られて詳しいことはわからない。

ただ、ティルアがエミリの指で感じているのがはっきりと伝わるほど、彼女の声に艶が入り始めていた。

俺は割り切って、折角の巨乳を堪能していく。

「あう、師匠、なんだか今日は触り方が大人しいですね」

「ああ。エミリのほうに意識を集中してほしいからな。ほら、彼女の指がティルアのおまんこをいじっているのを、もっと感じててくれ」

「ふぁっ、あっ、んっ♥」

ティルアの耳元で疑問に答えると、俺はおっぱいを揉むのに戻る。

「ティルアの中から、どんどん愛液が溢れてきてるな……ほら、あたしの指がぐちょぐちょになっている」

そう言って、エミリが指を俺に見せてくる。

それは当然ティルアの視界にも入っており、抱き締めている彼女がわずかに目をそらしたのがわかった。

　俺は差し出されたエミリの指を咥える。

「わっ」

「あっ」

　ふたりが驚いた声を上げる中、俺はエミリの指に舌を這わせ、愛液を舐めとり指を吸う。

「アルヴィン、んっ、それはあたしがくすぐったくなるだけだぞ」

　ティルアの味を感じていると、エミリが指を引っ込めた。

　確かに俺の舌を感じるのはエミリだけだが、自分の愛液を目の前で舐められたティルアには、羞恥が蓄積していくはずだ。

「でも、舌か。それはいいかもな」

「んぁっ♥」

　そう言ってエミリがかがむと、ティルアが嬌声をあげた。

　エミリはクンニを始めたらしい。

「あむっ、じゅるっ……れろっ……んむっ」

「んはぁっ♥　あっ、んっ……エミリ、んぅっ」

　ピクンと身体を跳ねさせたティルアを見て、エミリはぐっと顔を沈め、さらに舌を動かしだしたようだった。

「じゅぷっ……ぴちゅっ、れろ、ちゅぱっ」

「んはぁっ、あっ、んぅっ……エミリ、中、舌、動いて、んぁっ♥」

「ちゅぷっ！　れろっ、じゅるっ。ぺろっ、ちゅぅっ！」

「んはぁっ♥　あっ、音、だめぇっ、んぁっ……」

わざと大きく下品な音を立てて刺激するエミリに、ティルアが恥ずかしそうに声を上げる。

「れるるっ、ぴちゃっ。アルヴィン、協力してくれ。れろっ……このまま、一回イカせようと思う。れろろぉっ！」

「んはぁっ♥　あっ、んくぅっ……！」

「よし、わかった。じゃあティルア、いつもみたいにしてくぞ」

「師匠、んはぁっ、んあぁぁぁっ♥」

俺が乳首をきゅっと摘まみ上げると、ティルアが一際大きく嬌声を上げる。

これまでのさわさわとした触れ方を変えて、おっぱいを揉みしだきながら乳首を指先ではさみ、くりくりと刺激していく。

「あむっ！　じゅるるっ、れろ、ぺろっ！」

「んぁっ、ああっ！　ふたりとも、やっ、あぁぁぁっ！」

同時に責められたティルアが、快感に飲まれてあられもない声を出していく。

「あうっ、らめ、んっ、ふぁっ♥」

「あむっ、れろっ、じゅるっ……」

「じゃあ俺は耳のほうを、れろっ」

「ひうっ！　し、師匠っ!?　あっ、んはっ、うぅっ」

俺はティルアの耳に舌を這わせ、軽く舐め上げる。

「れろっ、ぺろっ……はむっ」

「んはぁっ、あっ、ふたりとも、お口で、だめぇっ……♥」

耳たぶを甘噛みしていくと、ティルアはこちらも敏感なようで、とても素直で可愛い反応を見せてくれる。

「ティルアのここ、ぷっくり膨らんで待ってるみたいだね、れろっ、ちゅううっ」

「んはぁぁぁっ♥　あっ、ああっ……クリちゃん、いま刺激されたらぁっ！　んはぁっ、あっあっ、んくぅっ♥」

「れろっ、ちゅっ、ちゅぅぅっ♥」

エミリのクリトリス責めで、ティルアの反応がいよいよ切羽詰まったものになってきているのがわかった。

俺も耳を舐めながら、乳首のほうを激しく刺激していった。

「はうっ、んっ、あっ♥　もう、だめっ……イクッ。んぅ、あぁっ……」

「れろろっ、ぺろっ……ティルア、イッちゃえ。ちゅぅぅっ♥」

「んあぁぁあっ！　あっあっ♥　イクッ、イカされちゃうっ！　んはぁっ、あっ、ふぅ、んっ、あっ、イクウウッ！」

「んむっ」

大きく身体を弾ませながら、ティルアが絶頂した。

快感に身体を震えさせ、腰をエミリの顔へと突き出すようにしている。

「あぁ……ん、あぅ……♥」

「ぷはっ……すごいな、ティルア。ものすごくえっちだぞ」

エミリは興奮気味に言った。

「んぁ。あぅ……」

一方的にイカされたティルアは、恥ずかしさを感じつつも、それ以上の快楽に少しぼーっとしている。

俺はティルアの後ろから離れ、彼女をベッドへと寝かせる。

そして、エミリのほうへと移動した。

「エミリ、今度は服を脱いでから、ティルアを押し倒してくれ。次は俺がティルアの下半身を責めていくから」

「ああ。アルヴィンのおちんちん、もうズボンの上からでもはっきり、大きくなっているのがわかるしな」

エミリの手がきゅっと俺の肉棒を掴む。

「今日はティルアを責める日だからな」

もの欲しそうに肉棒をなで回してくるエミリにそう言うと、彼女は少し名残惜しそうな手の動きをしつつも頷いた。

「ああ、ティルアをたくさんに感じさせて乱れさせせないとな。あたしのときよりも恥ずかしくなるくらい、エッチな姿を見せてもらわないと」

「ああ。ティルアがたくさんイッたらエミリも、な？」

「うんっ」

元気に頷いたエミリは、服を脱いでティルアへと向き直る。

細く鍛え上げられたエミリの背中は、とてもセクシーだ。

そんな彼女が、ベッドの上で息を荒くしているティルアへと覆い被さっていく。

女同士のその光景だけでも、かなりエロティックだ。

俺は服を脱ぎ去り、もう臨戦態勢になっている肉棒を取り出す。

「んっ、あっ♥」

エミリがティルアに覆い被さると、ぴとりと身体を合わせて、その手をティルアのおっぱいへと這わせていく。

「ティルアの乳首はすごく敏感なんだってな。さっきも、とても気持ちよさそうにしてたみたいだしね」

「あっ、んっ、エミリだって、乳首は敏感なはずですっ」

「あっ♥　こら、んっ、ちょっと……」

ティルアのほうも、下からエミリの乳首へと手を伸ばして刺激し始めた。

エミリもう十分に興奮して乳首が立っていたようで、ティルアの手にいじられると艶めかしい声を漏らしている。

　ふたりの美女が文字どおりに乳繰り合っている光景は、見ているだけで滾るものがある。

「エミリの感じてる姿、やっぱりとても可愛いですよ？　あんっ。んっ、ほら、ハリのあるおっぱいも、こんなに喜んで」

「んうっ、あっ、ティルアだって、感じてるじゃないか。ほら、んぁっ♥　乳首をくりくりってすると、んぅ、敏感に反応して、んあぁっ♥」

　見ているだけでも楽しいとはいえ、このままじゃ俺も生殺しだし、なによりえっちなことへの経験の差で、エミリのほうが責められかねない。

　俺はさっそく、エミリに加勢することにした。

「んはぁ！　あ、師匠、ずる、んぅっ♥」

　もうすっかり湿っていたティルアの割れ目を、なで上げる。

　これだけ濡れていれば、すぐに挿れて大丈夫だろう。

　ふたりが身体を密着させ、二つのおまんこが並んでいる、とても豪華でエロい光景。

　その中でまず、俺は下であるティルアの割れ目に狙いを定める。

「んぁっ、あっ、師匠のおちんぽ、硬いのがあたってるっ」

　膣口に宛がうと、ティルアのおまんこがひくひくと震えた。

　視界ではとらえられなくても、身体はしっかりとオスの気配を感じ取り、肉棒をねだっているようだった。

「ん、あぅ♥」

ティルアの腰を掴むと、俺の腕はエミリの腰もホールドすることになる。

そこでエミリが、小さく腰を揺らした。

後でこちらも堪能することにして、俺はまずそのまま腰を押し進め、ティルアに肉棒を挿入していく。

「んはぁっ、あっ、んくぅっ♥　あふっ、師匠のおちんぽ、わたしの中にぐいぐいって入ってきてますっ♥」

ねっとりとした膣道をかき分け、その奥へと侵入していく。

膣襞が淫らに蠢き、精液をねだってくるかのようだった。

「んぁっ、あっ、あぁっ……♥」

「ふふっ、おちんちんを入れられたティルア、うらやましいくらい蕩けた顔になってるぞ。んっ、はむっ」

「んはぁぁっん♥　あひぅぅ！」

エミリが乳首を咥えたらしく、それに反応したティルアの膣内がきゅっと締まって肉棒を捉えてくる。

「くっ、ティルアもずいぶん気が早いな。もうこんなに締めつけてきて」

「うぁっ、んっ、ふたりがかりでされたら、そんなの、んはぁっ♥　仕方ない、あぅっ、ですよっ、んぅぅっ！」

「好きだけイっていいからな。ん、ふぅっ……あたしが間近でしっかり、ティルアのイクところ見ててあげる♪」

「ひうっ、あう、ダメ、ん、師匠、今、動かれたらっ……」

「もちろん、動くけどな」

俺はそう宣言して、軽く腰を引くと、今度は一気に奥まで貫いた。

「んぅぅうぅぅっ♥　あふっ、軽くイッ、んぁっ、あっ、待ってぇ、んっ♥　あっ、ああぁぁあっ！」

ズン、ズンッと間をとりながら、奥への挿入を繰り返す。

とろとろのおまんこはその度にかわいらしく反応して、きゅんきゅんと締まってきていた。

「あぁ♥　やめ、んはぁぁっ♥　あっあっ♥」

「ふあぁ……間近で見せられると、えっちすぎて、んっ」

エミリが快感を求めるように腰を動かした。

そのもどかしげな動作も、とてもスケベだ。

「あぅっ、エミリも、んっ、そんなに全身、押しつけてこないでください、んあぁぁあっ♥　あふっ、奥っ！」

最奥の子宮口にこりっと亀頭が当たる。

その入り口を、こつんこつんとノックした。

「あふっ♥　あっ、らめ、らめぇぇぇぇっ♥」

再び身体を跳ねさせて、ティルアが絶頂した。

「あふ、ん、あぁっ♥」

その絶頂による締めつけで、俺の射精欲が急に高まってくる。

ここはそのまま、続行だ。

俺は射精のための激しいピストンへと切り替えていく。

「んぁぁっ♥　今、イッたばかりなのにっ⁉　師匠ぉ♥　あんっ、あっあっ♥　らめ、れすっ、それ、んあぁぁっ♥」

「うぁ……すごいエロい顔してるっ……んっ、はぁ♥」

俺のピストンで、小さく連続絶頂しているティルア。

その淫気に当てられてか、エミリも昂ぶって切なげな吐息を漏らしている。

エミリのおまんこもぐしょぐしょで口を開き、ひくひくと物欲しそうにしていた。

きれいな色をした内側と、興奮で蠢く襞が見える。

ペニスを膣襞に擦りつけながら、さらに俺を待っている別の女の性器を見ることは、オスとしての力強さを俺に与えてくる。

「はぅっ、ん、あぁぁっ！　ちょっと、も、もうっ、んはぁっ♥　あっあっ、おちんぽ、そんあにズブズブしちゃ、んあぁっ♥」

睾丸が、ふたりの美女に注ぐための精液を急ピッチで作っているような感覚。

射精のために玉がつり上がってきたのを感じながら、俺はラストスパートをかける。

「あっあっ♥　らめ、また、きちゃうっ！　大きいの、気持ちいいの、ぶわってくるぅっ♥　んはっ、あっ、んくぅっ！」

「ティルア……れろっ、ちゅぅぅっ！」

エミリがティルアの乳首に吸いつき、バキュームしていく。

それと同時に、俺も彼女の膣襞を擦り上げていった。

「んあぁぁっ！　あっあっ、んくぅっ♥　イクッ、また、んはぁっ、あぁぁぁぁあぁっ！　イックゥウウウウウウッ♥」

小さいものを合わせると何度目かわからないほどの絶頂に、ティルアがその小さな身体をのけ反らせる。

一際大きなその絶頂に合わせ、俺も膣内に射精した。

「んはぁぁあっ♥　師匠のっ、熱いザーメンっ。わたしの奥っ、んはぁあっ♥　いっぱい、届いてますぅっ♥」

連続絶頂にその全身と膣襞を痙攣させながら、やがてティルアは糸が切れた人形のようにぐったりと脱力した。

「ふぁ、あぁ……」

その目はもう焦点が合っておらず、半分気絶しているような状態だ。

「ティルアでも、こんなに乱れてしまうんだな」

エミリがぽつりと呟く。

俺はティルアから離れると、エミリに声をかける。

「ああ。エミリのクンニや乳首責めもあって、こんな状態だ」

「すごくえっちで……ごくっ。なんか、あたしも他のものに目覚めてしまいそうだ」

「それはそれでいいんじゃないかな。これからもいっぱい仲良くなれば」

「ああ。そうだな。でも、今はやっぱり……」

エミリの目は、たっぷりの愛液でてらてらと光る、俺の剛直へと向いていた。

「アルヴィンのおちんちんが、あたしも欲しいかな」

そう言って、エミリはベッドの上に横たわると、自らくぱぁっとおまんこを開いてみせた。

待たされてヒクつく、ピンク色の内側。

そんなふうに見せつけられると、興奮が収まるはずもない。

「そうだな。俺は、いくらでも付き合ってやるからな」

「ああ♥　ごくり……」

えっちな顔で息を呑んだエミリに覆いかぶさる。

そして彼女自身が押し開いた、その入口へと肉棒を宛がった。

「あっ、んっ、アルヴィン、そんな、もっと、中まで、んぅっ♥」

俺はまず、先っぽだけを挿入して、そこで小刻みに腰を振った。

ちゅくちゅくと入り口部分で音がして、もどかしい刺激が蓄積していく。

「あうっ、んっ、あぁっ♥　そんなの、切なくなるっ……。アルヴィン、もっと、もっと奥まで、んあっ……」

焦らす動きにエミリが懇願してくる。

浅い部分での往復は、射精につながるものとは別種の快感があった。

「あふっ、んっ、んんっ……気持ちいいけど、足りないよぉ♥」

エミリは快感ともどかしさの入り混じったような声で言い、俺を見上げる。

その表情もまた絶妙にエロく、俺を滾らせる。

「んはぁ、あっ、んっ……おちんちん、浅いとこばっかり、ぐちゅぐちゅしてっ……奥のほう、切なくてきゅんきゅんしちゃうっ♥」

そんな彼女の可愛い姿をもっと見ていたい気もするが、さすがに可哀想か。

「あう、アルヴィンっ、ん、えいっ！　んはぁぁぁっ♥」

「うおっ」

そんなふうに思っていると、エミリはがばっと足を広げ、俺の腰をホールドしてきた。

そのままぐいっと突き出してきて、無理やり奥まで挿入させられる。

ぬるりと一気に、膣奥まで肉棒を飲み込まれて快感が突き抜けた。

「あんぁ、あっ♥　奥まで、おちんちん、届いてるっ！」

それはエミリのほうも同じようで、彼女はようやく入ってきた肉棒を膣襞でしっかりと感じているようだ。

襞がうねりながら絡みついてきて、ぴったりと腰をくっつけているだけで気持ちがいい。

だいしゅきホールドの状態で、俺たちは少しじっとしていた。

「ふぅ、んっ……やっぱり、奥まで挿れられるほうが、あんっ♥　アルヴィンのおちんちん、あたしの中でぴくってしてたな」

「エミリのおまんこが、えっちに絡みついてくるからな」

俺は彼女に軽くキスをすると、腰を動かし始める。

エミリもホールドをといて、そのまま身体を委ねてきた。

今度は先程とは逆に、ゆっくりと深いストロークを行っていく。

「んはぁっ♥　あっ、んっ、あたしの内側っ、アルヴィンのおちんぽにずりゅずりゅされてるっ……ん、あぁっ♥」

ゆっくりと引き抜くたびに、エミリの膣襞がカリ裏を擦り上げてくる。

たっぷりの愛液で潤っているにもかかわらず、その襞をしっかりと感じられるほど密着してきている。

「ふぁっ、あっ、あぁっ……んっ、んんっ！」

エミリが快楽に身体を揺する。

貪欲に肉棒を求めるその膣道に、俺も射精欲を煽られて震えた。

「エミリ、いくぞ」

「んっ、あっ、んはぁぁぁあっ♥」

射精に向けて、これまでよりも速いペースでピストンしていく。

「あふっ、ん、あっ、んはぁぁっ！　んく、イッちゃ、んあぁぁぁっ♥」

エミリのおまんこがきゅっと締まり、粘膜同士の擦れ合いが更に激しいものになっていく。

「あふっ！　あっ、んあぁぁっ、んくぅ！」

嬌声を上げながら、小さくイキ続ける彼女。

そのおまんこが精液を搾り取ろうと蠢動する。

「んはぁっ♥　あっ、イクッ、またイクッ、イクイクイクッ！」

びくんと身体をのけぞらせる彼女が、再び俺の腰をがっしりとホールドしてくる。

その勢いのまま奥へと挿入し、じゅくっと子宮口にキスをした。

「んはぁぁぁぁぁあっ♥」

そこで再び絶頂を迎えた彼女とともに、俺も射精する。

「んぁっ♥　あふっ、精液、直接きてるぅっ♥」

子宮へと精液を注ぎ込むと、エミリの身体から力が抜けた。

荒い息で体を揺らす彼女から、肉棒を引き抜く。

「あぅ……やっぱり、アルヴィンにしてもらうのが一番いいな。あとは……そうだな。今度はティルアと一緒にアルヴィンを責めるのもいいかも」

「ああ、それも楽しみにしてるよ」

ティルアを快楽責めにしたことで、エミリの苦手意識も上手く解消されたのかもしれない。

俺も安心して、彼女たちの隣で横になるのだった。

†

「こうしてみると、けっこういろいろ持ち込んでたんだね」

「ああ。魔法使いとバレても、いざってときには、道具のおかげってことにするつもりだったしな」

「でもこれ、魔力がないと使えないんでしょ？」

「うん。まあ、ルーシャなら使えるものも多いと思うけどね」

増築によって部屋が増えたので、ルーシャに手伝ってもらいながら荷物の整理や移動をしているところだった。

大陸から持ち運んで来た道具も多いということで、ルーシャは興味津々だ。

一番こういったものの扱いに慣れているティルアを呼ばなかったのは、特に急ぐ必要もない状況だと確実にふざけ始めてしまい、片付けが進まないのが目に見えているからだ。

ティルアは真面目になるととても有能なのだが、それ以外のときは、トラブルメーカーになることも多い。

なまじっか、ほとんどの問題は自力で解決できてしまう優秀さのために、気が緩みがちなのだ。

特に、宮廷魔術師を辞めてこちらに来てからは、俺同様にのんびり生活に傾いているため、真剣になる機会がほとんどない。

そんな訳でいまは、ルーシャとふたりで片付けをしている。

作業が進むと、様々な道具が出てきた。いつぞやのモンスター退治に使った銃をはじめ、湯沸かし器の予備や、浄水器などの便利アイテムだ。

そういった使えるアイテムを先に片付け、最後に、余ったものを適当に箱に詰めていった。

「ルーシャのおかげで、かなり早く片付けが終わって助かったよ」

「そう？　よかった。私もいろいろ面白いもの見られて楽しかったよ」

とはいえ、どれもけっこう有用なアイテムなのだが、中にはそうでないものもある。

「これはなに？」

そう言うルーシャが手にしていたのは、マッサージ器だ。

思いつきの一環で作ったもので、ある意味ジョークグッズでもある。

有《あ》り体《てい》に言えば、ピンクローターだった。

神官である彼女が何でもない顔でそれを手にしている姿は、けっこう背徳的だ。

「そっちのボタンを押すと動くよ」

「これ？」

ルーシャがボタンを押すと、ローターが振動し始める。

「わっ、ブルブルしてる」

「ああ。それを身体に当てて使うんだが……よし、折角だし、使ってみるか。ルーシャ、部屋に行こう」

「え？　うん。わかったわ」

俺はローターをもったルーシャと共に、ベッドのある部屋へと向かうのだった。

部屋についてローターを綺麗にすると、俺はさっそく彼女をベッドに上がらせる。

「これは身体に当てて使うものなんだ。いま実際に、ルーシャに使ってみようか」

「ふうん。……でもアルヴィン、何か企んでる？」

ルーシャは俺の邪《よこしま》な気持ちに気付いたのか、そう言って探りを入れてくる。

しかしじっと俺の顔を見た後で、すぐに頷いてくれた。

「そうね。折角だし使ってみましょうか」

ルーシャは、にやりと笑みを浮かべる。

詳しい用途を説明しなくても、俺の様子からなんとなく察したのかもしれない。

「ああ。じゃあさっそく……」

「あんっ、やっぱりそういう系？」

彼女の服をまくり上げようとした俺に、抵抗せずにルーシャが言った。

「なんとなく予想できてた？」

「だってアルヴィンの顔、えっちだったもの」

そう言いながらも、ルーシャは楽しそうにしている。

「ルーシャもえっちなのは好きだもんな」

「そうね。アルヴィンと過ごすようになってから、どんどんえっちにされちゃってる♪」

服を捲った俺は、さっそく下着越しの割れ目へとローターを当てる。

「んっ、あ、そういうことなんだ」

「ああ。じゃ、いくぞ」

そう言ってスイッチを入れると、すぐにローターが振動し始める。

「んっ、あっ……なるほど、んっ」

おおまかに割れ目に当てているため、まだ快感の度合いは低いようで、反応にも余裕がある。

「んっ、アルヴィン、すごく熱心に見てるね」

「ああ。ルーシャがローターを使ってるって思うと、とてもエロいからな」

「んっ、もうっ……」

彼女の反応からいって、ローター自体というよりも、その姿を俺に見られることのほうに気持ちよさを感じているようだった。それならばと、俺は提案する。

「使い方はだいたいわかっただろ？　俺は見てるから、自分でしてみてくれ」

そう言って、俺はローターから手を離して少し下がった。

そしてそのまま、彼女を眺める。

「自分でするの……？　見られるの、恥ずかしいんだけど」

「それがいいんだよ」

「もう、アルヴィンはえっちなんだから……」

恥ずかしがるようにしながらも、興味があるのか自らローターを手にし、秘部へと押し当てる。

「んっ……あっ……」

下着ごしに震えるローターをあてて、ルーシャが小さく声を漏らす。

俺はそんな彼女のオナニー姿を見て楽しんでいた。

「あふっ……んっ……うぅ、そうやって見られてるの、んぅっ……」

恥ずかしそうにしつつも、オナニーの手は止めないルーシャ。

彼女は片手でローターを当てたまま、もう片方の手で自らの胸をいじりはじめる。

もどかしそうに服をはだけさせると、ぶるんっと、爆乳が揺れながら現れた。

その柔らかな膨らみにも、ルーシャの細い手が添えられた。

「んぅっ♥」

そしてむにゅりと、そのおっぱいが形を変える。

股間にローターを当てながら胸をいじるルーシャの姿。

「んっ……あっ、ふぅ、んっ」

彼女のオナニーを盗み見ているみたいで、とても興奮してくる。

「んっ、これ……クリトリスに当てると、んはぁっ♥」

ローターの位置を調節したルーシャが、びくんっと身体を跳ねさせた。

「あっ、んぁ、これ……ふぅ、んっ……王国って、こんなのも進んでるんだね。みんな、んっ、こういうの使ってるの？」

「ああ。ひとりでいろいろできて便利だろ？」

「たしかに、んぁっ……ふ、んっ」

彼女の手に力がこもり、ローターをクリトリスに強く押し当てる。

快感を求めるその姿はとてもエロい。

「んはっ、あっあっ♥　くぅ、んっ、イクッ……！　ん、クリトリスにびんびんきてて、んはぁっ、んあぁぁぁぁっ！」

大きく身体を跳ねさせながら、ルーシャがイッたようだ。

「あふっ、ん、あぁ……」

彼女はローターをクリトリスからずらすと、艶めかしい息を整えた。

「これも、結構いいね」

ルーシャがエロさの残る表情で俺に言い、ローターを置いた。

そして、こちらへと近づいてくる。

「たしかにひとりでもすごくよいけど……でも、やっぱり一緒ならこっちのほうが、ね？　アルヴィンのここも、もうこんなに膨らんでるし♪」

ルーシャの手は、ズボン越しに俺の肉棒をなで上げてくる。

彼女の痴態を見て、もうすっかり滾っていたそこに、先程までローターを掴んでいたえっちな手が絡みついてきた。

そして手早く、肉棒を取り出してしまう。

「あんっ♥　こんなに立派なおちんちんが目の前にあるんだもん。こっちのほうがいいに決まってるわよね」

ルーシャは俺の上に跨がると、下着をずらしてその割れ目に肉棒を押しつける。

「あふっ、おもちゃより熱くて、ドキドキする」

ねっとりと愛液を塗りたくられた後、肉棒の先端がクリトリスに当たる。

「んぁっ♥　あっ、ふぅ、んっ♥」

くりくりと淫芽を肉竿で擦り、ルーシャが嬌声を漏らす。

オナニーですっかり濡れそぼっていた蜜壷へと、肉棒を導いていった。

そのまますんなりと、肉竿が膣内へと飲み込まれていく。

「んっ、あっ、あぁ……♥　やっぱり、道具なんかより、んっぅ、アルヴィンのおちんちん入れるほうが、気持ちいいっ……！」

ルーシャの膣襞は、すぐに絡みついてくる。

その気持ちよさは、先程から興奮していた俺をすぐにでも追い詰め、射精させてしまいそうなほどだった。

「んはぁっ♥　あっ、あふっ……おちんぽ、私の中にずっしりきててっ……んぁっ、あっあっ♥　んうぅっ」

ルーシャのほうも同じようで、最初からハイスピードで腰を振っていく。

ローターで一度クリイキしているため、蜜壷の中はぬるぬるで、いきなりのピストンでもスムーズだ。

「んぁっ、あっ、ふぅ、んっ……」

じゅぶじゅぶと卑猥な音を立てながら、肉棒が膣内を突き上げていく。

ルーシャの手が俺へと伸びてくる。

俺も手を伸ばすと、指先を絡め合ってがっしりと手を握った。

「んぁっ、ふっ、力、入れるね」

「ああ。好きなように動いてくれ」

「うんっ。あっ、ん、くぅぅっ♥」

指を絡め合った彼女はこちらに体重を預けながら、さらにパンパンと勢いよく腰を上下に振っていく。

「んぁぁ♥　あっあっ♥　ふぅ、んっ、あ、あぁっ……！」

腰の動きから少し遅れて、目の前で揺れるおっぱい。

漏れ出る彼女の喘ぎ声。

うねる膣襞が襲う肉棒の感覚以外にも、視覚や聴覚でも刺激されて、俺の射精欲は限界まで高められていった。

「あっ、ぐっ、ルーシャ、そろそろ出るぞっ」

「んぁっ、あぁっ、うんっ。出して、そのまま、んっ、私の中に、アルヴィンの子種汁、いっぱい出してぇっ！」

激しいピストンの度に、掻き出された愛液が飛び散る。

「んはぁっ♥　あっあっ♥　イクッ、さっきより、すごいのっ！　んはっ、あ、くぅぁっ……あんっ♥　あ、ふぁっ！」

快感で蕩けたその膣穴を、俺は下から突き上げていく。

「んはぁっ！　あっ、そんなの、されたらぁっ♥　イクッ、んぁぁっ♥　あっ、イクイクッ、んはぁぁぁあぁぁっんっ♥」

びくびくっと俺の上でのけ反って、ルーシャが絶頂した。

その際にきゅぅっと膣内が締まり、痙攣する膣襞が肉竿に襲いかかる。

そんな絶頂締めつけに促されるまま、俺は中出し射精をした。

「あふっ、あっ、ふぁ、あぁ……♥」

どぴゅどぴゅと膣内に精液を放ち、俺は脱力したまま彼女を見上げた。

ルーシャはうっとりとした表情で、絶頂の余韻に浸っているようだった。

「あぁ……。やっぱり、中出しされるのってすごくいいね♥」

彼女は気持ちよさそうな、少し恥ずかしそうな顔で続けた。

「純粋に気持ちいいのも、もちろんなんだけど、いっぱい出されるとお腹の中にアルヴィンを感じて、すごく幸せな気分なの」

下から手を伸ばし、ルーシャの頬を撫でる。

そんな彼女を見ていると、俺もすごく幸せな気分に包まれていくのだった。

「あふっ」

彼女が腰を上げると、じゅぽっと音を立てながら肉棒が抜ける。
広げられていたおまんこから、少しだけ精液が垂れてきた。
「あんっ♥」
ちょっともったいなさそうにする彼女だが、大部分はその膣内に放たれたままだ。
それを意識すると、とてもエロい。
「いっぱい出たね」
そう言って、俺の隣に横たわった。
今度は横から彼女の頬を撫でる。
ルーシャは幸せそうに目を細めると、そのまま俺に抱きついてきた。
まだ熱の残るその身体。
少し汗ばんだセクシーな肌がぴとりと触れ、むにゅりと爆乳が押し当てられる。
これはもう少し休んだら、きっとまた興奮してしまうな。
そんなふうに思いながら、俺たちはベッドの中でいちゃつくのだった。

†

「君の家はずいぶんと賑やかになったけど、アルヴィンは変わらないな」
「まあ、周りがすごいからって、俺自身が変化するわけじゃないしな」

「ふうん。それも、なかなかできることじゃなさそうだけどな。ほら、自分も偉くなったと勘違いしたりとか」

「彼女たちの力は、彼女たちのものだしなぁ」

畑へと向かう村の男とそんな会話をしたあとで、俺は山菜採集のために山へと入っていった。

この村で、唯一回復魔法を扱えるルーシャ。

王国の元宮廷魔術師であったティルア。

この国の中央の忍者であるエミリ。

考えてみれば、家にはすごい人材が揃っている。

そんな彼女たちから愛される幸せな暮らしも、すっかり日常になっていた。

のんびりと山へ入った俺は、しかし、誰かの気配が接近してくるのに気づく。

知り合いではなさそうだ。

微かに感じとれる身のこなしから察するに、エミリによく似た相手のように思う。

だが、彼女と組んでいて、先に中央へ戻ったという男性とは別人のようだ。

エミリは円満に組織を辞めたはずだし、追っ手とかではないのかも知れない。

何にせよ、俺のほうに来たなら対処しなければな。

気づかないふりで森の奥へ向かっていると、急に物陰から棒手裏剣が飛んでくる。

周囲の木に紛れさせていた魔法の蔦が、自動迎撃で手裏剣を止める。

探知魔法が、その手裏剣に毒が塗られていることを教えてくれた。

致死性のものではなく、麻痺毒のようだ。

手裏剣の狙いからいっても、殺意はないらしい。

まあ、だからといって仕掛けてきた以上、看過できるものでもないが。

俺は手裏剣の出処と、そこから予測される移動先の数カ所へと蔦を伸ばす。

まさに、木を隠すなら森の中。

このフィールドで植物に擬態した魔法を見破るのは、かなり難易度が高いはずだ。

そのとき、村のほうからエミリがこちらへと向かって来る気配にも気付く。

刺客もそれを感じ取ったのか、焦った様子でさらに仕掛けてくる。

三つ同時に放たれた手裏剣を軽々と撃ち落としながら、俺は刺客を物陰から引きずり出す。

「くっ！」

足を捕まれて現れたのは、やはり女忍者だった。

服装からいって、予想どおりエミリと同じ所属だな。

女忍者は一度は捕まったものの、蔦を切ると、そのまま後ろへと飛び退く。

「くそっ、この蔦、元を断っても外れないのかっ！」

切られても足首に巻き付いたままの魔法の蔦へ目を移して、忍者が警戒する。

その判断は正しい。

絡みついたままの蔦は魔力を受けて、こっそりと伸びている。

そして彼女が再び切ろうと動くよりも速く、その身体を木の上へと吊し上げた。

即座に切って逃げようとした彼女の下には、いくつもの鋭い杭《くい》が敷き詰められている。

「くっ……」

たとえ蔦を切っても、俺が用意した魔法の杭からは逃げられない。

女忍者は諦めて、吊るされるままになることを選んだようだ。

「アルヴィン！」

と、そこにエミリが到着する。

そして彼女は、吊るされている忍者を見て驚いたような、納得したような表情を浮かべた。

「う、エミリ……」

女忍者はエミリを見ると、困惑した顔になった。

「アルヴィン、彼女はあたしの元同僚だ」

「ああ、やっぱりそうなのか」

吊るされている彼女は、エミリの視線から逃れるように身体をよじる。釣られたままゆっくりと身体を傾ける器用さは、さすが忍者だな……と、俺は変なことを思うのだった。

「一体、何をしにきたんだ？　それに、アルヴィンを襲うなんて」

「だ、だって、エミリが急に辞めちゃうからっ。どんな男か確かめようと思って。悪いやつならやっつけなきゃいけないし」

「はぁ……」

エミリはやれやれ、とため息をついた。

「彼女はあたしと組んでいたんだけど……ちょっと話を聞かないところがあってね」

「なるほどね」

俺は女忍者の下にあった杭を消してやる。とはいえ、吊り下げはそのままだ。

「エミリ、一緒に帰ろう？　エミリのことだから、捕まった後エッチなこととかされて、「くっころ」な感じで落ちちゃったんでしょ？　私がそんな男のことなんか忘れるくらい、たくさん気持ちよくしてあげるからっ！」

女忍者の言葉に、エミリがぴしりと固まる。

まあ、なんだかんだあまり間違っていないあたり、やはりエミリのことはよくわかっているらしい。実際にエミリを落としたのは俺じゃなくて、ティルアの触手だけど。

しかし、図星を突かれたエミリは無表情で俺に言う。

「アルヴィン、彼女にもお仕置きが必要みたいだ。ほら、触手がいいと思う」

「しょ、触手っ!?　エミリってばそんなゲテモノに感じちゃう変態にされちゃったの!?」

驚いた様子の女忍者を見て、エミリは無表情のまま続ける。

「……アルヴィン、さあ」

「いや、そこについてはエミリが悪、あ、こら」

「あーっ！　あーっ！」

彼女は俺の口を塞ぐようにキスをし、それを見た女忍者が吊るされたまま騒いでいる。なんだこのカオス。

「ほらアルヴィン、彼女にも触手の味を教えてやるんだ。あたしがえっちなんじゃない。触手がえっちなんだ。彼女を快感で蕩かして、それを証明しよう」

「いや、しないから」

ああいうのが好きなのは、むしろティルアだ。

エミリが触手に責められたいと言うなら付き合うのもやぶさかではないが、知らない人を触手で責めたいとは思わない。

「えー」

エミリはちょっと不満げに唇を突き出して、すねてみせた。なんだか可愛い。

「捕まえたくノ一に、えっちなことをせずに返していいとは思わないよ！」

「いや、いいだろ。普通」

エミリの意見にツッコミを入れるものの、俺も彼女自身にはさんざんエッチなことをしたので、あまり説得力はないな、とは思った。

「……ちょっと、何する気なの」

女忍者はあのときのエミリと違い、本当に嫌そうに言う。

ちらりと地面を確認してから、吊られていた蔓を上手に切断して着地した。

そのままエミリのほうへ動こうとし――すぐに再び吊り上げられる。

「うがっ」

「ふむ……触手に比べると蔦はやはりインパクトにかける。それにほら、こんな太さじゃ、アルヴインのものを挿れるための慣らしにもならな……むぐっ」

「なにっ、なにをどこに挿れる気なのっ!?」

現実逃避気味にそう言う女忍者は、明らかにわかっているようだった。

いや、だから別に、挿れないけどな。

「え、でも、この太い蔦が慣らしにもならないって……そんな」

女忍者は自分を捕まえている蔦の太さを確認してから、俺の股間へと目を向けた。

エミリだけじゃなく、この島のくノ一はむっつりなんだな、と俺の中で評価が固まる。

よく考えたら彼女のほうも、捕まった女忍者＝エロいことをされる、という図式は一度も否定していない。そうならないように逃げようとしているだけだ。

「いや、別に正式な任務を受けてきたわけじゃないんだろう？　おとなしく帰るなら、俺は何もしないって」

「……エミリ、いっしょに帰ろう？」

改めてそう言った彼女に、エミリは首を横に振る。

「あたしは自分の意思でここにいるし、中央からはちゃんと許可ももらってる。忍者はもう引退したんだ」

「そんな……エミリってば、捕まった後、その男のおちんぽなしでは生きられないくらい調教されてっ……！」

「それは、まあ、そういう部分もあるかもしれない」

「いや、ややこしくなるからやめろ」

ちょっと顔をそらしながらうなずくエミリに、どうしてもツッコミを入れたくなる。

「こ、この卑怯者っ！　私はこんな蔦やあんたアレなんかに、絶対に負けないんだからっ！」

身を捩りながら叫ぶ女忍者を見て、エミリが満足そうにうなずく。

「ほらアルヴィン。ああいうのを見ていると、落としたくなるだろう？　やはり捕まった女忍者というのはえっちなことを……」

「いや、しないから。だいたい彼女、本気で嫌がってるじゃないか」

「えっ!?」

「エミリみたいに、実はノリノリだっていうならともかく……むぐっ」

都合の悪いことを言われかけたエミリは、再び俺の口を塞ぐためにキスをしてきた。

更に今度は舌を入れて入れてきて、こちらの口内を愛撫してくる。

「ぷはっ。さて、えっちなことされない女忍者を、いつまでも捕まえていてもしょうがない。さ、中央へお帰り」

エミリにすげなく言われ、そして目の前でいちゃつきを見せつけられた女忍者は、しぶしぶとうなずいた。

「どうやらエミリは本当に、こっちにいるのが幸せみたいね」

「ああ。あたしはアルヴィンのそばにいることにしたんだ」

「わかったわ。あなたのことは諦めて、私も前に進むことにする」

エミリは頷きながら、女忍者を解放する。

「それがいい。いつか、捕まってえっちなことをされればわかる日が来る」

「それは嫌。性癖だけは本当、昔からエミリとわかりあえる気がしない」

ピシャリと言われたエミリは、驚きを浮かべながら尋ねる。

「え、じゃあなんのために女忍者に……？」

「普通に、国を裏から支えるためよっ！　っていうかあんたも、元々はそうでしょうが！」

エミリはわざとらしく驚いて見せている。分かっていてふざけているみたいだ。

「そこの男！」

そこで女忍者は、俺のほうを指さした。

「エミリのこと、よろしくね。変態な以外は、いい娘だから！」

「知ってる」

俺がうなずくと、彼女もうなずいた。

「じゃあね」

そう言って、女忍者は去っていったのだった。

「……よかったのか？」

その背中を見送りながら、俺は尋ねる。

エミリはかなりふざけているようだったが、それも湿っぽい空気にしないためだろう。

忍者という、国の影の部分を担っていたエミリは、その組織の中でこれまで暮らしてきたんだ。

あの彼女のように、仲のいい同僚だっていたはずだ。

今回のことは、古巣に帰るチャンスでもあった。

「あたし自身が、ここにいたいって思ったんだ。それにティルアと違って、あたしの場合は別に、組織に顔を出せないような関係でもないしね」

「そうか」

エミリは特に未練もないようで、爽やかにうなずいた。

「だからああやって、ふざけてられたんだよ。ただ……」

「ただ？」

「一つ心残りがあるとすれば……あの触手に落ちたのはあたしがえっちだからじゃない、という証明ができなかったことだ。絶対に彼女だって、えっちになってた」

「お、おう……」

「触手……触手は嫌なのに、うぅ……♥　あんなのずるいじゃないか」

こいつダメだな、というのが率直な感想だった。

そんなぽんこつっぷりを可愛く思う俺も、似たようなものだが。

「な、なあアルヴィン」

「どうした？」

「触手は嫌なのだが、さっき見ていて思ったのだ。縄とか使ってみるのも、雰囲気がでていいかも知れない」

「……そうか」

「アルヴィンだって、実は結構そういうの好きな、きゃっ」

俺は魔法でロープを出すと、軽く彼女を縛って担ぎ上げた。

「あっ、捕まってしまった♥　こんなにあっさり、んっ♥」

エミリは身体をゆすったが、そんなのでは抵抗にもならず、俺はそのまま連れ帰るのだった。

†

「うぅっ、こんなことしてぇっ♥　あたしは、んっ、屈しないぞっ」

薄暗い部屋の中。

ロープで身体を巻かれたエミリが、腰を曲げながら虚勢を張っていた。

ロープはぎゅっと彼女の上半身を縛り上げ、そのまま天井へと繋がっている。

そのせいでエミリは、ろくに姿勢を変えることができない。

足をピンと伸ばし、上半身は倒して、お尻を突き出すような形。服こそ着ているものの、だいぶ着崩されており、下着はすでに着けていない。

捕まえるためではなく、えっちなことをするためだというのが、ありありとわかる縛り方だった。

おっぱいも上下からぎゅむっと絞るように縛られて、そのたわわな果実を強調していた。

正直、かなりエロい。

鍛えられつつも女性らしさのあるエミリの身体は、思っていた以上にロープが似合う。

おっぱいはもとより、二の腕にロープが食い込む姿も目を引くし、縛り上げられてくいくいと誘うように揺れるお尻もそそる。

後ろから眺めていると、エミリは物欲しそうにして、更にお尻を揺らした。

それは誘っているようで、逃げようとしているようでもあり、オスの狩猟本能に訴えかけてくるような動きだった。

「んっ、な、なにもしないの？　んぁっ、あっ、急にはダメだって、んぅ♥」

つんと上向きのお尻を揉んでいく。

ハリのあるお尻は鍛えられており、天井に吊るされて立った状態の今は、力も入っていて筋肉を感じられる。

それでいて、女性らしい柔らかさも失っていない美尻を、俺は撫で回し揉みほぐし、存分に堪能していった。

「んはぁっ♥　あっ、ふっ……無防備なお尻、好き勝手されて、んっ♥」

まだ尻肉を揉みほぐしているだけだが、エミリはこのシチュエーションに興奮しているようで、気持ちよさそうにしている。

おまんこのほうも尻の動きに合わせてはしたなく口を開いていて、その奥のピンク色の内側を見せつけていた。

そこは当然、もう愛液で潤っており準備万端だ。

「一体いつの間に、こんなに濡らしたんだ？」

尻肉を左右に揉み込む度につられて開閉し、くぽっくぽっと音を立てる蜜壺を見ながら尋ねる。

「縛られてる最中？　お尻を揉まれてから？　それとも、ここに運び込まれる前からかな？」

「あぅ……知らない♥　感じてなんか、んぁっ♥」

みえみえの挑発に乗って割れ目をなで上げると、エミリの口から、はしたない声が漏れる。

体が動くと、ぎしり、とロープが軋む。

その音もまた、エミリを興奮させているようだった。

「あぅ♥　ん、あぁ……」

彼女は縛られたまま、お尻を触られ続けている。

身体を揺するのだが、その動きは尻揉みから逃げるというよりも、もっと直接的な刺激を求めているようだった。

俺はそれを分かっているので、尻から内ももへと手を滑らせていく。

「んっ、あっ♥　ふぅんっ」

すべすべの内もも。こちらも柔らかさの奥に、筋肉を感じることができる。

「んぁっ！」

彼女が快感に身体を跳ねさせると、ぐっと力がこもり、それが更にはっきりとわかる。

焦らしながら、指は内ももをゆっくりと登っていく。

「ん、あっ……ふ、んっ♥」

彼女もそれをわかっていて、期待を示すかのように愛液が腿へと流れてきていた。

「ほら、いやらしいお汁、こんなに溢れてるよ」

「んぐっ、それは、んっ……」

彼女は言いよどむようにして、身をくねらせる。

俺はその動きを追って、指先で付け根のあたりを撫で回していく。

「ひうっ♥　あぅ、こんなことで、負けないからっ……♥　んはぁっ♥　あっ♥　んぁ、ふ、くぅんっ！」

もうとっくに負けているメスの声で、エミリが強がっている。

俺は覆いかぶさるようにしながら、彼女のおっぱいへと手を伸ばした。

「んはぁっ♥　あっ、んっ、ずる、んぅぅっ♥」

ロープによって、むぎゅっと絞られたおっぱい。

縛られていることに興奮しているエミリの乳首は、もうビンビンだった。

その乳首をつまみ、くりくりっと転がす。

「んぁっ♥　あっ、ふぁっ！」

「おっぱい丸出しで、強調するように寄せて、乳首をこんなに目立たせて……そんなに触ってほしかったのか？」

「あぅっ♥　違、んぁ……もっと、んぅ、あう……♥」

もう嫌がることすら忘れ、エミリがおねだりをしてくる。

柔らかな双丘に指を沈める。

筋肉を感じられる他の場所と違い、ここはただただ柔らかい。

むにゅむにゅとその柔らかさを味わいながら、揉んでいった。

「んはぁっ♥　あっ、ふぁ……こんなことしても、んぅっ、あたしは、ん、んっ♥　イったりしないからぁ……♥」

説得力のないとろけ顔をこちらに向けながら、エミリが言った。

「そうかな……」

俺はおっぱいへの愛撫を続けながら、彼女の足の間へ自らの腿を滑り込ませる。

「んぁっ♥」

そして、もうしとどに濡れた彼女の秘部を、足ですりすりと刺激し始める。

「んはぁっ♥　あっ、アルヴィン、んっ！」

それ自体は大した愛撫ではない。しかし彼女はもうかなりとろけており、おっぱいを引き続き揉みしだいている。

淡い刺激でも、敏感になったところに重なれば、思った以上の効果を発揮するものだ。

「どうした？　俺の足、すぐにびしょびしょになりそうだぞ。ほら、エミリのいやらしいおまんこ汁が滴ってる」

覆いかぶさるようにしながら、彼女の耳元でささやく。

「んはぁっ、耳、だめぇっ。そんな、んはぁっ」

両乳房、割れ目、耳へと同時に刺激を受けて、エミリは快楽に体を揺らした。

「あはぁっ♥　あっ、だめ、だめぇ……♥　んぁ、アルヴィン、それ、んくっ！　そんな、同時にされたら……んはぁっ♥」

膝がちょうどクリトリスを強めに擦り上げ、エミリの身体がびくんっと反応する。

ぎしっとロープが音を立てて、エミリはこちらへとお尻を突き出してきた。

「んはぁっ♥　あっあっ♥　らめ、イッちゃ……んはぁ、あぁっ……あちこち、気持ちよくてっ、ん、あぁ……♥」

「エミリ……すごくえっちになってる」

「こんなの、こんなの仕方な、んはぁぁっ♥　あっあっ♥　イッちゃう、イッちゃうのぉっ！　アルヴィ……、んぁ、ああっ！　んくぅぅぅぅぅぅっ♥」

思い切り身体を跳ねさせながら、エミリが絶頂した。

ぎしぎしとロープが音を立てて、彼女の身体が小さく跳ね回る。

「んはぁぁっ♥　あっ、おっぱい、だめ、んくぅぅっ！」

縛られた状態で体を動かしたため、強調されていたおっぱいが更に絞り上げられてしまう。

柔らかなおっぱいの根本にぎゅっとロープが食い込んで、とてもいやらしい形になっている。

エミリの悲鳴も痛みではなく快楽によるものなので、俺も安心してそのエロい姿を目に焼き付けていた。

縛られたいというのはエミリの性癖だが、俺のほうも彼女に目覚めさせられているようだった。

彼女を責める内に、肉棒はもう苦しいほどにガチガチで、早くエミリの中に入りたいと脈打っていた。

「んぁぁ……♥ アルヴィンのそれ、すっごい凶悪な形になっちゃってる♥」

振り向いて確認したエミリが、期待に満ちた顔で言った。

おねだりするようにお尻を振り、ロープがまた音を立てる。

「ああ。ほら、熱いだろ」

「んはぁっ！ あふっ、当てられただけで、ひくひくしちゃう♥」

膣口に肉棒を添えるだけで、中からは愛液が溢れ出して興奮させてくる。

俺はそのまま、ゆっくりと挿入していった。

「んはぁっ♥ あ、ふぅっ……」

エミリのねっとりとした蜜壷に、肉棒が埋まっていく。

俺の視界には、縛られたエミリの姿。

身動きのできない彼女を犯すのは、とても背徳的で興奮する。

望んだ状況に喜ぶ膣襞も、いつも以上に蠢いて絡みついてきた。

「エミリはすっかり、捕まるのがくせになっちゃったみたいだな」

「んぁっ♥ あぅ……こんな気持ちいいの、知っちゃったらぁ、んぅ♥ 仕方ない、んはぁ、あぁあっ！」

逃げるどころか、重心を後ろに預けて、より深く肉棒をくわえ込んでくるエミリ。

自由にならないながらも、お尻を擦りつけて動いてくるのがとてもエロい。

このシチュエーションだからこその貪欲さに、俺の興奮もいや増していった。

「縛られてるのに喜んで、お尻をふって誘ってくるなんて……エロすぎるくノ一にはおしおきだなっ！」

「んぁっ♥　あふっ、えっちなくノ一に、いっぱいお仕置きしてくださいっ♥　んぁ、アルヴィンのおちんちんで、たくさん、おしおき、んはぁっ♥」

ずんっと腰を打ちつけると、膣襞が喜びに震える。

ちらりとこちらを伺うエミリの顔は、快楽にだらしなく蕩けている。

もうとっくに落ちている彼女の蜜壺を、俺は掻き回していった。

「んはぁっ♥　あっあっ♥　アルヴィンのおちんぽなんかに、負けな、んはぁっ♥　あっ、負けない、んぅ♥」

即落ちおまんこを激しく犯していく。

きゅうきゅうと締めつけてくる淫乱な蜜壺に、俺も興奮して射精欲が高まってきていた。

「はぁ♥　あっ、んっ♥　やぁ……そんな、んぅ、パンパン突いちゃ、んはぁ、あっ♥　んはぁぁあっ♥」

「ぐっ、エミリ、それっ」

「んくぅぅっ♥　あふっ、アルヴィン、んぁ♥　落ちちゃうっ。そこ、んぁぁっ！　おちんちんでぐりぐりされるとぉ♥」

快感でエミリの力が抜け、腰が少し下がる。

そのせいで、肉棒が少し引っ張られる形になると同時に、反り返った先端は背中側をこすりあげていく。

それがいいようで、エミリの腰はさらに砕けていくのだった。

「んはぁっ♥　あふぅ、んぁ……縛られて、犯されるのっ……♥　んっ、いけないのに、んはぁっすごく、んうぅっ、いいっ！」

俺は彼女の腰をつかみ直すと、今度は上側をこするよう意識しながら、激しくストロークを繰返していった。

「んはぁっ！　あっ、んくぅっ♥　おちんちん、暴れ回ってるぅっ♥　あたしのおまんこ、ずぶずぶって、んぁっ、あぁぁ……」

ギシギシと縄の音を立てながら、エミリが喘いでいく。

「おかひく、おかひくなっちゃうっ♥　捕まって♥　犯されて♥　恥ずかしいくらい、感じさせられちゃってるっ♥」

「そのまま、おかしくなっていいぞ。　ほらっ」

「んくぅぅ！　おちんぽ♥　おちんぽに負けちゃうっ！　んはっ、あぁ♥　もう、んくぅっ♥　らめぇっ！」

抽送の度に響く水音、そこに嬌声が重なり、いやらしいハーモニーを奏でていく。

「イクッ、イクイクッ、イッちゃうっ！　気持ちよくなって、んはぁっ♥　全部全部、溶かされちやうっ♥」

蠢く膣襞が一層激しくうねり、その快楽を伝えるとともに、精液を搾り取りにきていた。

「あぁぁぁっ♥　あひっ、んはぁっ♥　あっあっ♥　らめ、らめっ、んぁぁあぁぁぁっ♥　あふっ、んくぅぅうぅぅっ♥」

ぎゅっと身体に力を込めながら、エミリが絶頂した。

俺ももう限界で、その絶頂おまんこに精液を注ぎ込む。

「んはぁぁっ♥　熱いの、びゅくびゅくでてるぅっ♥　あたしの中、んはぁっ、アルヴィンの子種汁が跳ね回ってるよぉ♥」

うれしそうに言いながら、エミリは俺の射精を受け止めた。

縛られた姿勢のまま中出しされて喜ぶ彼女に、オスとしての支配欲がくすぐられていた。

女忍者が、犯されて淫らに堕ちる姿。

彼女だけではなく、俺のほうもすっかりこのシチュエーションにはまってしまったらしい。

「んあぁ……♥　出されてる、いっぱい、んぁ♥」

じっくりと精液を出し終えた俺は、しかしまだ肉棒を引き抜かずにじっとしていた。

「アルヴィン、んっ……どうするつもり？　動けないままのあたしを、んっ♥」

尋ねる彼女には、明らかな期待の色が見て取れる。

俺のほうも、まだ彼女を犯したりない。

だからわざとらしいくらいに、笑みを浮かべて答えた。

「もちろん、もう一度犯すさ。エミリのお腹の中が、俺の精子で膨らんじゃうくらいな」

「あぅ……♥　そんなの、んぁ……。そんなことしたって、あたしは負けないんだからぁ♥」

うっとりと言うエミリのお尻を撫でながら、俺は再び動き始めるのだった。

エピローグ　隠居ハーレムで幸せな人生！

全ての問題は片づき、俺たちはのんびりとした村暮らしを送っていた。

王都をはじめとした大陸からこちらへ渡ってくる者は、依然としていない。

だから、俺の過去を知る相手と出会うこともない。

ルーシャやティルア、エミリといった美女たちに囲まれていることこそ特別だが、それ以外は平凡な一市民としてなじんでいた。

この島の中央側にしても、一度エミリを取り戻そうと独断で女忍者が来た後は、もうこれといった接触もない。

そんなわけで、そういった都会の流れとか、流行や情報とは遠い場所で、ゆったりと暮らしているのだった。

人数が増えたことで改築し、最初より大きくなった家とベッド。

家庭菜園も広がり、様々な野菜に手を出している。

他には山菜を採りに行き、時折教会を手伝うぐらいのスローライフだ。

そんな昼間の生活に対して、夜のほうはというと——。

広くなった寝室に、四人でも寝られる大きなベッド。

三人の美女が、裸で俺を待っていた。

「今日は三人いっしょの日なので、覚悟してくださいね♪」

ティルアが嬉しそうに言うと、ルーシャも頷いた。

「ほらほら、早く」

俺は素直にベッドに向かい、そのまま三人を両腕に抱いて倒れ込んだ。

三人分の柔らかさを感じて、期待が高まってくる。

「んっ♥ アルヴィンもやる気十分みたいだな」

エミリが身体をずらし、俺の足に抱きついてくる。

足におっぱいがむにゅっと押しつけられるのを感じていると、彼女の吐息が股間をくすぐってきた。

「ふーっ♪ 息を吹きかけてると、おちんぽが反応してきて可愛いな」

意識すると、余計に血が集まってくる。

エミリの吐息が吹きかけられる度に、ぐんぐんと肉棒が勃ち上がっていくのを感じた。

「師匠も、期待しちゃってますね♪」

「それを言うならティルアも、もうだいぶ興奮してるみたいだけどな。ほら、俺の足に当たってるここから、お汁が溢れ出してるぞ」

「あんっ♥ あっ、もう、師匠、んっ、くにくにしないでください、んぁっ」

足下へ回っていたティルアの土手を、足でいじっていく。

ふにっとした土手はもう湿っており、彼女は敏感に反応した。

「んぁ、あふっ、大雑把な動きなの、かえって興奮しますっ♥」

ティルアは俺の足でオナニーするかのように、割れ目を擦りつけてくる。

「んはぁぁぁっ！　あふ、いきなり指、動かさないでください、んはぁっ」

親指を折り曲げると、ティルアが艶めかしい声を上げる。

愛液が止めどなく溢れ出して、俺の足を濡らしていった。

折角なので、電気あんまのようにそのまま足を細かく動かしてみた。

「んぁ、あぁっ……師匠、それ、んっ、なんだかくすぐったくて、んぁ……。じんわり気持ちいい感じがします」

ティルアはされるがままに感じつつ、さらに気持ちいいところを探そうとして、腰を微調整しているようだ。

「ふーっ、ふーっ♪　アルヴィンってば、ティルアを虐めておちんちんビンビンにしてるな。えいっ、つんつん……」

「おぅ……」

「ふふっ、硬いオチンポがゆらゆら揺れてるの、えっちで可愛いな」

エミリが指先で、亀頭をつついてくる。

もどかしい刺激と、肉棒を観察される微かな恥ずかしさが興奮材料となって俺をじんわりと責めてくるのだった。

「じゃあ私は、こっちを虐めてみようかな。くりくりっ」

そこでルーシャがぐいっと身を乗り出して、俺の身体へと手を伸ばしてきた。

彼女が飛び出してきた拍子に爆乳がぶるんっと揺れて、俺の目はそこへと引き寄せられる。

三人の中でも一番大きなルーシャのおっぱいは、暴力的なまでのボリューム感で男の本能に訴えかけてくるのだった。

「アルヴィンはおっぱい、大好きだもんね♪」

「このおっぱいを、魅力的に思わないやつなんていないさ」

「あんっ♥」

そう言いながら、ふわふわのマシュマロおっぱいに手を伸ばす。

優しく指を受け止めてくれる母性を、指先でしっかりと感じた。

「おっぱい大好きなアルヴィンは、いじられるのも好きかな？　どう？」

そう言って、ルーシャは俺の乳首を指先でなで回す。

彼女の細い指が、俺の乳首をもてあそんだ。

「どう？　気持ちいい？」

「ルーシャが気持ちよくしようとしてくれてるのは嬉しいかな。でも、ルーシャの乳首ほど敏感じゃないみたいだ」

「んぁっ♥　も、もうっ」

お返しに乳首をいじると、ルーシャはすぐに反応した。

「アルヴィンがいっぱい触るせいで、んっ♥　乳首、どんどん敏感になっちゃってる、あぁ、んぅぅっ♥」

ルーシャは快楽に身をよじりながらも、俺の乳首を責め続けていた。

「んっ、ほら、アルヴィンの乳首も、ちっちゃいながら、たってるよ」

「ルーシャのほうは、はっきりわかる大きさだな、ほら」

「んくっ！　あ、ん、もうっ。れろっ」

俺の手から逃れるように胸に顔を埋めてきたかと思うと、そのままちろちろと乳首に舌を這わせてきた。

「うぁ、それ、普通にくすぐったいぞ」

「んくぅっ♥　あ、んはぁ、あぁっ！」

ルーシャの乳首舐めにくすぐったくて身をよじると、足がティルアのクリトリスを擦り上げたようで、彼女のほうが反応した。

土手全体への淡い刺激で高めていたところに、急に敏感な芽をつつかれたため、余計に快感が大きかったようだ。

「あぅ……んっ、足で、軽くイッちゃいました」

「ティルアがイッたって申告したら、おちんぽ、ぴくって嬉しそうに跳ねたな。ふふっ……じゃあそろそろあたしも、えいっ」

「うぁ……」

エミリの手が、優しく肉棒を握った。

柔らかく肉竿を包みながら、ソフトタッチでしごいてくる。

「れろっ、ちゅっ……ぷはっ」

ルーシャは乳首から口を離すと、わずかによだれを垂らしながら、うっとりとこちらを見つめてくる。そのエロい顔に、俺はたまらず彼女を抱き寄せた。

「あんっ……ちゅっ♥」

ルーシャはそのまま俺に抱きつき、キスをしてくる。

「れろっ、ぺろっ……」

舌を絡め合い、唾液を交換していく。

少し甘い気がするルーシャの体液が、俺の中に流れ込んできた。

「ちゅっ、れろっ、ん、はぁ……♥」

口を離した彼女が、俺を見つめる。

その間も、焦らすようなエミリの優しい手コキが、俺に快感を送り続けていた。

「おちんぽの先から、我慢汁が溢れてきてるな、ふふっ♪」

エミリの手コキは気持ちいいが、とても優しく擦られているため、射精には至らない。

「これ、我慢汁いっぱい出した後だと、精液ってどろっどろになるんですかね？」

ティルアも肉棒へと興味を移したようで、移動していた。

「どうなのだろう？」

「さわさわー。なでなでー。おちんちん、いいこいいこしてあげますね。敏感な先っぽから、いっぱい我慢汁出してくださいね」

エミリの手コキに加えて、ティルアが亀頭をなで回してくる。

先端への刺激は快感をもたらすが、同時にもどかしさが募ってくる。

「あぅ……すっごいえっちなお汁、溢れてますね♥」

「あぁ……。ほら、音もにちゃにちゃって、とても卑猥だ」

「おちんちんもテラテラ光ってて、んっ♥　ふぁ……。わたし、もう我慢できなくなりそうです」

「アルヴィンのおちんちんも、イキたくて仕方ないって感じでひくひくしてるし、そろそろかな」

「私も、濃い精液ちゃんと見たいわ」

そう言って、三人が俺の肉棒へと視線を寄せる。

「うぉ……」

美女三人にまじまじと肉棒を観賞されていると、危うい快感が湧き上がってくるのを感じる。

彼女たちは、うっとりと俺の剛直を見ながら、射精の瞬間を心待ちにしているのだ。

「それじゃ、いくぞ」

「ん、わたしも手伝うね」

「アルヴィン、思う存分イッてくれ」

そう言った途端、エミリはきゅっと肉棒をきつく握り直す。

ソフトタッチから一転、そのまま勢いよくしごき上げてきた。

根元から先端まで、エミリの、女の子の手が肉棒を擦り上げる。

同時に、ティルアの手が裏筋をかりかりと刺激してきた。

焦らされた分の快感が、爆発したように襲いかかってくる。

「ぐっ、出るぞっ！」

当然、耐えきれるはずなどなく、俺は彼女たちの見守る中で、盛大に射精した。

「わっ、すごい勢い♪」

「ふぁ、師匠のザーメン、どぴゅどぴゅ飛んでます」

「あぁ……それに、すっごく濃くでドロドロだ……♥」

激しく飛んだ精液が、どろりと彼女たちに降りそそぐ。

三人の美女は、その顔と身体で俺の遺伝子を受け止めていた。

「我慢汁、いっぱい出したせいか、すっごいね」

「れろっ……あふっ、こんなにドロドロじゃ、飲めないくらいですね……。れろぉっ、ちゅぅっ、んくっ」

「んっ、口に飛び込んできた分だけでも、すごく絡まってきて♥　喉にずっと、アルヴィンの匂いが残ってるみたいだ」

三人がそんなふうに言うのを、俺は射精の勢いで脱力したまま聞いていた。

愛されすぎて、幸せな射精をして。

男としての満足感に満たされていく。

そして次は、俺が彼女たちを満足させていく番だ。

俺は起き上がると、まずは側にいたティルアの股間へと手を伸ばした。

「んはぁっ♥」

彼女のそこはもう準備万端で、軽く触れただけでおねだりするように蠢いた。

そんな欲しがりのおまんこに、先程射精したばかりのちんぽを押しあてて軽くノックする。

「んぁ♥　師匠、あふっ、んぁっ！」

女の子の部分があっさりとその割れ目を開いて、肉棒を迎え入れる。

「んはぁっ、あぁっ♥」

ティルアはそのままこちらに身体を預けてきて、対面座位の形になる。

「ね、アルヴィン。ティルアの中、気持ちいい？」

左側から、ルーシャがささやきかけてくる。

耳元に吐息がかかり、くすぐったい。

「アルヴィン、あたしも、んっ♥　アルヴィンの温もりが欲しい」

そう言いながら、右側に近づいてきたエミリが、俺の手を自らの秘部へと導いてきた。

そこはもうしとどに濡れており、俺の指をくちゅくちゅと受け入れる。

「んぁ♥　あっ……ふぅ、んっ……♥」

そのまま腰を動かし始めるエミリの喘ぎが、俺の耳へと襲いかかってきた。

「あっ、それ、私も。んっ」

むにゅりと抱きついて、柔らかなおっぱいを当ててくるルーシャのアソコへも、俺は指を伸ばしていった。

両手でそれぞれ、彼女たちのおまんこをいじっていく。

「んぁっ♥　あっ、師匠っ……♥」

挿入状態のティルアが、腰を動かしてアピールしてくる。

美女三人に囲まれ、その身体のすべてを堪能する、極上の時間。

「あふっ……アルヴィン、んっ、あぁ……」

「アルヴィンはこうやって、両方から声かけられるの、好き？　んっ、あぁ♥」

ふたりの囁くような感じの声が左右から聞こえ、耳の奥から俺を蕩けさせていく。

そして中央ではティルアが、その蜜壺で肉棒をとろかしてきているのだ。

「あぅ……私たちの身体、いっぱい感じて？」

「んぅ……柔らかな女の身体に包まれて、体中気持ち良くなって……♥」

両側からの声と、両手に感じるうねる膣襞。

指先で細かく感じられるその襞は、肉棒のほうにも影響を与える。

三人のおまんこはそれぞれ違った個性だったが、共通する部分もある。

指先に触れる感触から、そういった違いや共通点を感じ取り、俺の想像力が膨らんでいく。

ティルアの膣内にある肉棒が、その情報によって、より鋭敏になっていくかのようだった。

「ぐっ……これはすごいな」

「あたしたち三人を、いっぱい感じて」

「私たちを、もっと感じさせて♥」

「うぁ♥　んはっ、あ、んぅ。師匠のおちんちん、わたしのおまんこをゴッゴツ突いてきてます♥」

射精欲の高まってきた俺は、両手をこれまでよりも小刻みに動かして、ふたりを高めていくことにした。

「んぅっ、あっ、アルヴィンっ、おまんこ、そんなにくちゅくちゅされたら、あたし、んはぁっ♥あっ、らめっ……」

「あ、あ、あんっ♥　んぁ、は、ふぅ、んっ。アルヴィンの手、私の気持ちいいと、知り尽くしちゃってるね♥」

「これまでも、いっぱいしてきたからな」

「んっ♥　アルヴィンのせいで、どんどんえっちにされちゃう♥」

「えっちなルーシャは、もちろん好きだよ」

「あんっ♥」

両側のふたりがまず高まっていき、挿入中の俺たちもラストスパートへと入る。

抱きつくティルアがさらに大きくグラインドし、肉棒をその蜜壺で貪っていた。

「んはっ、あっ♥　し、師匠っ。わたしも、もうっ、んぁ……はっ、あぁぁあっ！　イクッ、いっちゃうっ！」

「俺もそろそろだ。折角だから、みんなでっ……」

「うんっ♥　あっあっ♥　らめっ、イク、っ、んはぁっ」

「私も、あぁっ、アルヴィン、そこっ、もっと、んあぁぁっ♥」

「おちんぽ♥　奥、奥に来ててっ、んはぁっ、あっ、あぁぁぁっ♥」

「ぐ、もうっ……イクぞ！」

「んっ、あっ♥　イクッ、イクイクッ！」

俺は両手と腰を同時に動かした。

三人のおまんこを十分に堪能し、ハーレムを得た男としての本懐を遂げる。

「「「イックゥゥウウウゥゥッ！」」」

ビュクッ！　ビュクンッ、ビュルルルルルッ！

三人の絶頂嬌声とともに、俺も射精した。

「んはぁぁっ♥　あっ、あぁぁぁっ♥　いっぱい出てくるぅう♥」

直後に中出しザーメンを受けたティルアだけが、再びあられもない声を上げて、身体をのけ反らせた。

「師匠のせーえき、すごい、んはぁっ、わたしの中、出てるよぉ♥」

そして左右から寄りかかる、力の抜けたルーシャとエミリに押し倒されるようにして、俺もベッドに倒れ込んだ。

美女三人に愛される生活。俺の身体は彼女たちにのしかかられて、幸せな温かさと柔らかさに包まれている。

安心してベッドを共にして、愛し合える関係だ。それは、王都にいたころには決して得られなかったもの。

この村に来て、俺は最高に幸せな生活を手に入れたのだ。

俺は、滾々《こんこん》と湧き出てくる幸福感に心を満たされていた。

「ふぁ、ん、あぅ……♥」

肉棒を引き抜いたティルアも倒れ込んできたので、それを受け止める。

「師匠……あふぅ♥」

こんな幸せが、これからも続いていくのだ。最大の幸福に包まれながら、俺は脱力する。

「あぁ……」

すると、ティルアの蜜壺から解放されたばかりの肉棒が、再び温かなものに包み込まれる。

「れろっ、ちゅっ……ふふっ♥　ふたりの味がするね♪」

ルーシャが俺の股間にかがみ込み、小さくなった肉棒を咥えこんでいた。

「れろっ、しゅるっ……じゅぶっ。アルヴィンのおちんちん綺麗にしてあげるね。その最中に大きくなっちゃったら……今度は私のおまんこで、気持ちよくしてあげる♪」

そう言いながら、ルーシャはお掃除フェラどころではなく、本気でしゃぶりにきていた。

最初から、それが狙いらしい。

「いや、次はあたしだな。どうだろう……」

エミリの手が俺の陰嚢へとのび、その重さを確かめるようにぽんぽんと持ち上げられる。

「うん。これならまだまだ、十分に精液が詰まってそうだな。はふぅ……たくましくて立派なタマタマだぞ♥」

エミリは労《いたわ》るように、そして期待を込めるように、睾丸を優しく転がしてくる。

それだけでもう、ぐんぐんと精子が作り出されているような気がした。

「あふっ、おちんぽ、しっかり勃起してきたね♪」

「やっぱりおちんちんには、この雄々しい姿がふさわしいな」

ルーシャの口内で再び硬さを取り戻した肉棒に、ふたりも喜んでくれる。

「じゃあエミリ、上に乗ってくれ」

「うん♥」

俺が言うと彼女は素早く体の向きを変え、俺の腰に乗ってくる。

おまんこはもうぐしょぐしょで、今か今かと肉棒を待ちわびる、はしたなくもエロティックな状態だった。俺は勢いよく、背面騎乗位となったエミリのその蜜壺へと、己を突き立てる。

「んはぁぁぁっ♥ 硬いの、入ってきてるっ、んぁ、あぁ……」

最初から勢いよく、遠慮のないピストンを開始した。

「ひぐっ、んはぁっ、あっ、んはぁぁっ♥」

膣襞をかき分け、エミリを犯していく。

この次はルーシャと。その後には、ティルアがもう一度、俺を求めてくるかもしれない。

そんな幸せな関係を噛みしめながら、俺は快楽を貪り、彼女たちを絶頂させていく。

体力が尽きるまで、俺たちは獣のように交わり続けるだった。

あとがき

みなさま、ごきげんよう。愛内なのです。

忙しない都会や仕事を離れて、早々と隠居のスローライフ……には、やっぱり憧れますよね。

誰もいない田舎道を、のんびり歩くのは気持ちがいいです。

そんな感じで今回は、三人の美女と田舎で暮らすお話です。

世界最高の魔法使いとして、王都で研究に打ち込んでいたけど、その地位を捨てて田舎で目立たないスローライフを目論む主人公。

最強だなんだと騒がしくなってしまった過去とは別れを告げ、地味な村人としてのんびりとした暮らしを送る。

そんな中で出会ったルーシャと交流を重ね、ゆったりとした田舎暮らしに癒やされていると、かつての弟子であるティルアが尋ねてきて……と、ヒロインに囲まれるイチャラブな暮らしになっていきます。


正体を隠しての地味モードな主人公にも優しく接してくれる村の神官、ルーシャ。

いつもは優しく明るいけれど、夜はエッチなお姉さんです。

お姉さんに甘やかされて癒やされるのは、定番だけどいいですよね。

第二章で登場するティルアは、主人公の元弟子です。

最強の主人公に鍛えられた彼女は、宮廷魔術師として活躍する一流の魔法使いですが、彼にとってはまだまだ、騒がしくて元気な女の子。

主人公を追いかけて、村までやってくる行動派です。

最後のヒロインは、くノ一のエミリ。

主人公の秘密を探りにきた忍者なのですが、あまりにも相手が悪く、あっさりと捕まってしまいます。捕らわれた女忍者がどうなるかといえば……もちろんエッチな尋問ですね。そこから堕ちてしまうのもお約束。

地味な村人のはずなのに、気付けば美女に囲まれている!?

そんな三人のヒロインたちとのイチャイチャハーレムを、どうぞお楽しみ下さい。


挿絵の「アジシオ」さんとは初めてご一緒しましたが、ルーシャたちヒロインのみんなを可愛くエッチにを描いていだき、ありがとうございます！

三人ともすごく魅力的に描いていただいて、とても嬉しいです。

特にエミリが触手責めにされているところは、ぬるっとむちっと、けしからんくらいエッチで素敵です！

またぜひ、機会がありましたら、よろしくお願いいたします！

それでは、次回も、もっとエッチにがんばりますので、別作品でまたお会いいたしましょう。

バイバイ！

二〇一九年六月　愛内なの

キングノベルス

地味《じみ》でダメな村人《むらびと》Aは世界最高《せかいさいこう》の魔法使《まほうつか》い!?
～隠居《いんきょ》ハーレムで幸《しあわ》せな人生《じんせい》を送《おく》ってます！～

2019年 7月 26日　初版第１刷 発行

■著　　者　　愛内なの
■イラスト　　アジシオ

発行人：久保田裕
発行元：株式会社パラダイム
〒166-0011
東京都杉並区梅里2-40-19
ワールドビル202
TEL 03-5306-6921

印 刷 所：中央精版印刷株式会社

KN068

無能扱いされていたアラサー村人、実は世界最強のヒーラーだった
魔法で繋がる関係は、深くなるほど癒やされて!
いつでも出来ます♥
アラサー村人シルヴィオの悩みは、自分に自信がないこと。唯一の特技の回復魔法もぱっとしなかったが、勇者ケイカたちに認められ、破格の能力であったことが判明する。何でも癒やせる回復魔法で、美女パーティーとの旅が始まった！
成田ハーレム王
Narita HaremKing
illust:成瀬守
KiNG novels